薄明光線その他

陳育虹 Chen Yuhong
佐藤普美子訳

思潮社

薄明光線その他

陳育虹　佐藤普美子訳

思潮社

薄明光線その他

陳育虹　佐藤普美子訳

Sponsored by the Ministry of Culture,
Republic of China (Taiwan).

目次

第一章　カモメの詩学

第二章　落葉の貼り絵

第三章　原話

装幀＝思潮社装幀室

薄明光線その他

第一章　カモメの詩学

イングリッシュ湾[*1]

その一　雲間から漏れる光

i

引き潮の
氷河 青《グレイシャーブルー》の早朝
波の中にバッハはまだいる
カワウはまだいる
流木はまだある
貝殻に縁どられた海は
まだある——事実

この海
はカモメのもの
かれらは沈思し、散歩し、食を求め、語らう
(かれらのことばは
波蘭《ポーランド》語ほど難解ではない)
かれらは私の影を踏み
近づいても気にしない

ここで私はひとりぼっちではない
海は離れていかない
岩は離れていかない
(同じ海
ちがう波しぶき……)
遠くのブランコはまだある
すべてがなじんでいる

喫茶店はまだあるが
私は中にはいらない
もっとそわそわしなければ

ii

だがこの海は
あらゆる人のもの
ある人は丸木舟をおし
ある人は乳母車をおす
老いゆく人は足を引きずる
一歩一歩、ある人は犬と走る

一羽のイソシギ、こんな
一羽、痩せて弱々しく
それでも飛ぶようにかけていく——
ビショップ*i は言う、一生涯

一羽のイソシギのように生きると
異なる国や州の境界を
かけまわる、何かを探し求めて……

天空は青から赤に転じ
あるものは砂浜に
名前を残し、流木と貝殻を残す
できたてのビーチ小屋に
残されたラブソングとキスは
次の波がさらっていくだろう
これらすべてを——ならば
あなたにこの波のわずかな
音を伝えよう、カモメが
(かれらは知っている
私が言いたいことを)伝えるわずかな
雲間から漏れる光、なおもきらめく

その二　流砂

i

風力７の疾風
下弦の月は精いっぱい海を
湾に押しあげ、潮はバランスを失う
十五度
流砂は流失しつづける

湾はひとつの教会
円形状で、中世風
夜は教会すべてが
カモメのもの（かれらはそれぞれ

岩を選んでじっと座る）
通りすぎる神がくださる
そのお告げ、筆跡は似通う
風力７の風、切れ切れに
私は記す‥愛…自由…
星…そのかたはこう言われたのか

de sidere、desire
欲望は星からくる
星は私たちを左右できるのか
砂浜を押さえる数個の
文鎮、新品のようにすべすべ

ii

さらに遠くにあるムール貝の
無名塚

共同墓地――粉砕された
天国。あるいは粉砕された

のはムール貝
の真相、ちょうど枯れしぼんだ
夜光藻のように
――形体はあてにならない
ベアトリーチェは言う∴形体は真相を
覆い隠す。ならば（私はこらえきれず
たずねる）ミケランジェロは
いったい解き放したのか覆い隠したのか岩の
真相を

夜に私はカモメを見た
足跡を松葉のように
砂浜に投げすてる

それらの形体は
そっと水面に浮かんでいる

その三　劇場

i

湾は私たちが必ず通りすぎる
岸辺の腰かけはいま
空っぽで（待ちつづけている……）
防波堤で誰かが風鈴をさげ
海を見て、フェイスブックに投稿
ある人は大きな口でハンバーガーをほおばる
警笛が遠くから近づく

ゴッホに似た
浮浪者が家財を引きずり
飼い犬に手まねで話す
もしかしたら彼も絵を描くかもしれない
もしかしたらやはり孤独かもしれない
彼はジャコメッティの彫像より
もっと痩せている

安全な距離の外
状況の外、私は見ている
彼のゆっくりした動作、あたかも
劇場に闖入した観衆が
筋書きの一部を見るように
同情すら正しくないかもしれない

みな見知らぬ人

あちらをむけば、私たちは
みな見知らぬ人

ii

空の色はけがれがない
数羽のけがれなきカラスが
飛びさり、ヒマワリ属ハッカ属は
夏日の余熱をしっかり握り
ナンゴクハマウドは岩から
乳白色のオルレアホワイトレースを引き出す
ウエディングドレスを撮る東洋人カップルは
撮影シーンの手配に余念がない
海藻、羽毛、流木
（まだ何か必要かと
カメラマンはたずねる）

ポケットに折りたたんだ
白黒写真をしまう老俳優
いそいそしながら自分の
過去を繰りひろげる、その眼はやはり青く
流木に寄りかかり
ブラームスを聴く

空気に大麻が漂う
誰かがなぜだか
靴を片方残している

その四　未来形

i

雨が降る
どの砂粒も静まり返る
粉々の貝殻は浄土のため
一枚の星図を作りかえる
(九月、木星と土星は
逆行)これは回想に
ふさわしい季節、だが海は
決して気にしない

私は知っている　海は
時間を気にしない、時間は
時間に属する
私たちだけに属する。時間を失い
私たちは時間の廃墟の外で
いかにまた花開くか、そしてあなたは

私にごくわずかな時間を与えたいのか
あるいは、一羽の蝶を

ii

あるいは未来形で
あなたに話をさせて……

蛇イチゴはもうすぐ実を結ぶ
野雁《のがん》はもうすぐ群れを成す
太陽はもうすぐ現れる
（たとえもう夕暮れだとしても）これは
最後のいちばん美しい夏の日になるだろう

去るのを見送る
夕陽を見送る人
一艘一艘の船が停泊している

あなたは水面の光がそれらのために
震えるのを見るだろう、あなたは
海の潔癖を見るだろう——今夜
再び海は砂浜を洗い浄める
平らに広げ、平らにならし
絹一匹のように、真新しく

ほかのカモメたち
ほかの人びとは
明日の足跡を書き残す

原注

＊i ビショップ　エリザベス・ビショップ（Elizabeth Bishop、一九一一—一九七九）

訳注

＊1 イングリッシュ湾　カナダのバンクーバーにある。

曼陀羅

時間をかけて
一輪の花を見る
いくばくかの時間
時間は死から始まる
空無から
麝香《じゃこう》の角笛から

曼陀羅　曼陀羅
荘厳な名を呼ぶ
それは神殿
小さな祭壇

（この花を見る者は
その悪おのずから除かれり……）
花びらごとに住まう
ひとつの神、あなたは多神論の
神秘主義者

名前と色相が
森羅する布置
受ける
愛する
取る
有る。ああ曼陀羅　曼陀羅
旋回する、旋回して
一個の円弧を描く
さらに大きな円弧が
立ち入る時間は欲望と死が

絡みあう
立ち入り禁止の魅惑的な

修行場あぁ密教の舞手
あなたの野性だけが
その名にふさわしい——
荘厳な曼陀羅
曼陀羅、曼陀羅
私はあなたに呼びかける

スローライフ猫を論ず

たとえば早朝
風がそよそよ吹くと
彼は風の通り道に座る
まるで宴《うたげ》に加わるように
耳を風の方へ向け、聞いている
スズメは春とおしゃべりの真っ最中

毛なみをきっちり整え
ひげで太陽を測る
通りから通りにそって
ドアからドアをぬけて

塀に跳びあがり陽だまりにうずくまると
一頭のライオンがその腹から逃げだして
草原に向かって走る
たくさんの魔女草[*1]と夏枯れ草の方へ

(彼は舌を使って
濃緑を研ぐ)

一本の棕櫚《シュロ》を見て
木の葉を一枚ごとに熟読する
まるで映画を撮るように
(彼はアンゲロプロス[*2])
いかなるディテールも逃さない
その眼は望遠レンズ
次の日の出まで
待てる

訳注

＊1　魔女草　Witch grass または couch grass。北米原産イネ科キビ属の雑草。

＊2　アンゲロプロス　テオ・アンゲロプロス（Theo Angelopoulos、一九三五―二〇一二）。ギリシャの映画監督。代表作に『旅芸人の記録』（一九七五）がある。

アフマートヴァグラード[*1]

このまちの
玉ねぎ型の屋根がいい
城のお濠がいい
祈りを捧げる聖母がいい
雪が薔薇を封じ込め
教会が猫のように静かに座る
アカペラの詠嘆調が
やむ、それすらもいい

ハトがいい
車の音や人の声

レンズがゆっくり移動し（水音は軽やか）
時が移動し（水のように）
静止する。失意
この二文字をあなたは連想させる
蝶はせわしなく花をとらえようとする
私はあなたをとらえようとする

でもあなたがとらえたいのは
ただハトの
餌を探す静けさだけでしょう
猫は陽の光を嗅ぎ
陽の光は土ぼこりを嗅ぐ
机の上は覆い覆われて
重なり合う静けさ、そして
記憶が天空の
灰色の静けさに変わるとき

あらゆる色は
トルコ石の柱の青緑色《ターコイズ》に変わる
外壁のモザイク画は
キラキラと輝く
赤は愛　青は平和　緑は生命
白はと問えば
それは純粋か

この堅固な
古い時空を通りぬけた
まちで
聴こえたあなたの純粋、純粋
純粋がいいという声。雨、太陽
天気雨はいい

純粋な銀の時代

純粋な十字架
ネヴァ河はいい
愛はいい（まるで
一本のストローで、あなたが
私の魂をすするように）
象眼ガラスは砕けて
いても無傷、プーシキンはいい
でもあなたの詩がいちばんいい
アンナ皇帝のレースは際限なく蔓延する

毎朝あなたは恐怖を抱きつづけたのか
みぞおち、喉、腕の関節、骨盤
永遠に締め出された野良犬たちが
カフェのわきに列をなす
粉ミルクひと缶とパンひと切れを買うのに
（ブルジョワは

よくない）列をなす、列をなす
まるで
「英雄のいない叙事詩」を待つかのように、延々と
また延々と

（恐怖、暗黒の中すべてに指で触れながら
月の光を斧にもたらす……）
夫の帰りを待ち息子の帰りを待ちわびる
かれらは薔薇のように消えていった
遊覧車が列をなして
レーニンを通りすぎ
（これもまた彼のまち）
ピョートル大帝を通りすぎる
（これもまた彼の）足元に
隠喩に満ちた一羽のハトが
陽の光にさらされ、雨水を飲む

それは私たちより世界をもっと
知りつくし、怖がらない

十一月以降に樹を植えるなら
風に負けず雪に負けない
強風と土砂降りの悪天候にも負けない菩提樹を植える
斧と弓と
家具とドアを作れる灰燼樹《トネリコ》*2を植える
薔薇と林檎を植えて、街路を
ふたたび十九世紀に戻し
ネフスキー大通りに
数百年復活させる

永遠は時間を必要とする
赤はいい（私はあなたの
掌の血の痕を洗い清める）静けさは

いい
生命を口にすれば
やはり二文字にすぎない

訳注
＊1 アフマートヴァグラード　作者の造語。ロシアのサンクトペテルブルクがかつて「レーニングラード」と名づけられていたことにならい、グラード（都市）に詩人アンナ・アンドレエヴナ・アフマートヴァ（Anna Andreevna Ahmatova、一八八九―一九六六）の名を冠した。
＊2 灰燼樹　Ash tree。灰色の樹皮に特色がある、モクセイ科の落葉高木。トネリコ。

ハト

あのハトはとても忙しい
あちこち探しまわり草の茎、小枝
数本の毛糸や細い針金
ぴったりした建材を見つけて
裏の窓台までくわえてゆく

巣を作り
巣の中に卵を二個産んだ
しっかりしゃがみこんで
待つ
生まれるかもしれない子どもを

緑青の光沢がある胸
石板の灰色がかった背
巣の中に深く身をしずめ
まるで象眼細工のように
巣の底に座る、そのからだは

じっと動かず、ひとつの生命を待つ
実現しないかもしれない孵化を
こんなにも真剣に
待ちつづける
彼女の創造……

狩猟

——ヘミングウェイ[*i]、キューバの故居「瞭望山荘《フィンカビヒア》」を訪れて

i

書架のアフリカライオンとアメリカ豹が
好奇に満ちた大きな眼を見開いている
なんと静かなこの机
きちんと並べられた短刀、鍵、紙
ペン、薬莢……銃
あなたの銃はどこに
あなたは最高の狩人だったとガイドは言う
ガゼル　オリックス　ゴールデンターキン　インパラ

ヘラジカそして野牛が日夜守る
あなたの壁
あなたの世界
海釣りの船は鳳凰樹の陰に停泊
ベテラン船長の席は空いたまま

眼鏡、望遠鏡、拡大鏡
遠くを見て近くを見て遠くを見る
あの星たちとカイガラムシは
なんと静かではないか

ii

想像するあなたはバーのカウンターの隅にいる
そこはフロリダホテル、一杯また一杯
フローズンダイキリ
(外は実に暑い、三十八度)

キリマンジャロの山すそで
銃に弾を込め、狙いを定め、引き金をひく
ポン――ポン――ポポーン
哺乳動物はおとなしく倒れ伏し、あなたは
かれらの頭を標本にする

死はいけにえなのかご老体
その残酷な美学
弾丸と文字、銃とペン
虚構と真実
再三繰り返される死と
酒、女とカジキ――の後に
あなたはどの銃で
あなたの世界をおしまいにしたのかご老体
黒い瞳のカモシカがあなたを見つめている
生命はあなたを見つめている――どうして平気で引き金をひけるのか

——あなたは自分を見つめている
（あなたの狩猟は
孤独そのもの）
見つめ、透視するのは
生命の冷たさ、死の熱さ

だがかれら
野牛とシカ、豹とライオン
かれらはあなたを見つめている
静かに……

原注
＊ｉ　ヘミングウェイ（Ernest Hemingway、一八九九―一九六一）　一九三九年から一九六〇年までキューバに長く滞在した。故居瞭望山荘（Finca Vigia）はハバナの南東十五キロに位置し、敷地面積は十ヘクタール余り。作家はこの地で『誰がために鐘は鳴る』、『老人と海』などの重要な著作を完成させ、ノーベル文学賞を受

賞した（一九五四）。山荘の蔵書は約四、五千冊に上り、客間、書斎、寝室の四方の壁には彼の狩猟の成果が数多く掛けられている。一九六一年にカストロ政権によって接収され国有となった。

改装

i

十七年ゼミも太刀打ちできない
高デシベルの電動ノコギリ
門の前と後に
私を追い払う。出て。行け。

引き出しは机に別れを告げる
マウスは手に別れを告げる
（ダウンロードはまだ終わらない……）
パソコン上のアリの一群は暗号情報を

交換する、木はその場を離れられない
だがアオカササギはすべて立ちさった

首を切られ手を切られたヴィーナスは
なおも庭に立つ、優雅に
半分の太ももで——
さらに彼女のために作られた
石膏の台座があり、さらに
敬慕する人がたくさんいる

何度も植えかえた胡蝶蘭は
突然満開、遅すぎるでしょう
風は吹いて吹いて忘れて
人も忘れる
ここはガラスの部屋

星の下で私は眠りに落ちて
たちまち夜のように黒く変わる

ii

私の内部
私の家は
ただいま改装中
仮枠ノコギリ、ヤスリ、電動ドリル
つるつるした壁面下の縺《もつ》れはひとつひとつ陽にさらされる
神経叢、腺体
取り換えるべきは私の怠惰な

組織、それは造血を忘れ
凝血と浄血を忘れている
私の器官は昏睡している
酸素が必要、渇いている

赤紫の薔薇は私の表皮に繁殖
失敗した抽象画
吸血鬼の顔つき
私には大量の血が必要
男性　女性　狼男　良人
他人の血

もう一度縫合しても
私はやはり私なのか
三本の曲線はしっかりと
蝶結びになり、私の家の
鉄筋とベニヤ板が保護している

iii

だが今向かいあうのは

すべてが荒涼ではない
今私の庭にはさらに
交配を待つセミがいる
使いきれない緑がある――

いのちいのちいのち
常緑喬木灌木は叫んでいる
上陸予定の
台風の前で
太陽はなお明るく広がり
懐妊した黒猫は身を低くして
木陰にはいる、今
（少なくとも）彼女は
まだ生命を擁する、擁している
孤独を

花の博愛論

踊る花　壁を這う花
この庭にある　鏡を見る花
キスする花
顔を赤らめ　涙を流す花
人を突き刺し　人を酔わせ　狩りで食む花
寒がりの花　暑がりの花
暗さに弱い花　明るさに弱い花
いて座の花　かに座の花　この庭に
ある博愛の花　恥ずかしがりやの花
フランス名を持つ花　オーボエの花
竪琴　チェロ　古いピアノの花

私のきれいな　咲ききれない
欲望の花　愛の花　悪の花
花たちは地底から
（私のからだから）立ちのぼる
たくさんの花　たくさん
たくさんの私：混乱しては、調和する
花たちに追いつくのは難しい
私は必ず私を放棄する
生きて　虫や鳥の滋養となり
死んで　ケラや蟻の滋養となる
多年生の（反復する）
一年生の（夭折した）
ひとつひとつの花はみな神棚
ちいさな祭壇
私の原型：混乱して
調和する私

庭は安らかで静か

影──私のさまよい猫

眼は緑色まるで火
鬼火、毛は真っ黒
マリアナ海溝の黒
黒は星の光を出す

彼女を緑《リュー》と呼ぼう、まるで四月
あるいは黒
一種の欠乏
彼女は私に欠乏をおしえる

行ったり来たり影のように

ひっそりと壁に貼りついて
もしかして彼女はネガの稲妻
ずっと本物ではなかったのか

だが今日は心を開いて
私に愛をせがむ
喉まで差し出し——
私を咬む、咬まれても私は平気と知っている

マンモグラフィー

アクリル板は冷たく硬い
さあリラックスして、ぴったりくっつけて
彼女は言う、私の左の乳房を握り
位置を調整しながら

透明な二枚の圧迫板のあいだに
シリコンなしの私
（純粋血肉）のぺしゃんこにされた
厚さ三センチの乳房

深呼吸して。取っ手をしっかり握って

はい、動かないで。
0・7ミリシーベルト[*i]の放射線が
私の靭帯で遊離するのを感じた

X線ははっきりと
胸部の影を映します、彼女は言う
陰性はよくない
陽性がよいのです

偽陰性はよいという間違い
偽陽性はよくないという間違い
想像のなかで誰かが私の乳房を
仔細に判読する

まるで私がある詩を注意深く
読み終えて、プロらしく

イメージや隠喩を分析するように――
詩はむきだしにされた、まるで私の乳房

X線は眼より正確なのです
彼女は言う、プロの声で
しかも優しく穏やかに　服を着ていいですよ
私はあなたの読者です

原注

＊i　シーベルト（sievert）　放射線量の生体への影響の程度を測る国際単位系の計量単位。

一面

――東勢駅*i（一九五九―一九九一）

残された
待合椅子四台には
無垢材の、細長い
腕の背もたれがある
待合ロビーで、日々摩滅し
ずっしりと重い期待のためつるつるになった

残されたやはりロビーに置かれた
古いプラットホームの土台　薄灰色の柱
レールからどれくらい離れている？　汽車は
きっと近寄れなかったにちがいない

連結したレール
線路は錆び、枕木には亀裂
封鎖された修繕工場は
多すぎる部品を補修できない
誰か修澤蘭をまだ覚えているか

レールはしだいに消えゆく森林を
運ぶ、流れるリズムはとぎれとぎれ
それは一九九一年、九月一日
汽車はガタンゴトン揺れ動く
八仙山を出発して、最後の十四キロ
豊原　朴口　石岡　梅子
最後の運行
ホームにはいり、脇に寄って、停まる
誰が最後の汽笛の音を覚えているか

すべてはこんなふうでよいのかも
例えば（ポンコツは嫌だが）：汽車
それは私、一本のレール
それは私の一生、汽車が停まれば
レールは必ず草むらに埋もれる
駅、私の家、は必ず廃棄される

時空は再建できる
レールは再建できるのか
私はレールを進む、ゴウゴウゴウ
これは私の想像のなかで揺れ動く汽車が停まった
さあ降りなくては

ここは東勢の客家文化園区

原注

＊ｉ　鉄道の東勢駅は一九五九年一月十二日に完成、一九九一年九月一日廃駅となった。駅を建築した修澤蘭（一九二五―二〇一六）は「台湾最初の女性建築家」と称えられ、代表作に陽明山の中山楼がある。

火山

i

初めから私たちは
火山を選んだ
山すそで石を掘る
（冷却したマグマ）
井戸を掘る（温かい泉水）
乾燥した
（火をあてた）木を切る
家は建てられた
休眠した火山に

私たちは心静かに眠る

ii

ひしめく
煩悶、亜熱帯のくぼ地
かすかに揺れうごく
ゆりかごのように
（ふたしかな……）
眠りを誘う安心感
私たちは楽しむ
五感に発酵を
許すこと、あたかもミツバチが
蜜を作るように

iii

私たちの休眠中に

火山は目覚めた
二度揺れうごき三度揺れうごく
（私たちは感じない）
書棚の本が落ちる
遠くになにか異形のものが見える
伸ばされた一千本の脚
一千本の手の指
一千個の舌
鳥の巣シダを撫でる
濃緑の鳥の巣は瞬間火に変わる

iv

以前庭に
私たちは月桂樹と金急雨《アポロー》*1を植えた
金色の雨が垂れさがる
樹の上には雲

重くて下に落ちそう
あれは初夏
私たちはたまに音信がとだえ
電気がとだえる
金急雨はたまにひらひらと舞う
以前、私たちが
育てた一群の
猫や犬
そして子供

v

それは私たちが
何をしたからなのか？　ほとんど
狂気じみた
悪ふざけ、勢いよく湧きあがる
冥界の神の怒り

体温摂氏一千度
鈍色で血の赤のケルベロス[*i]は
私たちの羽枕から逃げだした——
それは私たちが
何もしなかったからなのか低く鳴きながら
逃げだしていく

vi

七日七晩
火の海、紅蓮の海
分かれず後退せず
それは私たちを受けいれる
七日七晩大雨は
私たちの瞳孔を
冷却した
全てが黒に停まる

犬の吠え声も停まる
そしてミツバチ

vii

――初めから
火山を選んだ
（このゆりかごは
ふたしかな……）私たちは
冷却されて岩になり
焼かれるのを待つ樹になる
月は再び私たちの額を
明るく照らす、泉水は温かい
私たちは今ひとたびの
休眠にはいる

原注

＊i　ケルベロス（Cerberus）はギリシャ神話に出てくる冥府の番犬で、犬の頭と蛇のからだをもつ怪物。三つの頭は過去、現在、未来を象徴する。それに見つかると不審者は引き裂かれる。致命傷を与える鋭い歯をもち、口から飛び散った毒液は地に触れて猛毒のトリカブトになった。父親は噴火の巨龍テュポーン（Typhon）で、百個の頭と百対の翼をもつ。母親は神話の中の人頭蛇身の「怪物の母」エキドナ（Echidna）。

訳注

＊1　金急雨《アポロー》　和名、ナンバンサイカチ。英名、ゴールデンシャワーツリー。インドが原産のマメ科の落葉樹。初夏に黄色い五弁の花をつけ、房状に垂れさがり咲く。

フランス風性別論

戦争は陰性
愛は陽性
嫉妬は陰性
権力は陽性
ベッドと机は陽性

食卓は陰性
椅子は陰性
疾病は陰性
怨恨は陰性
あらゆる貪欲は陰性

（ただし純潔、美
音楽、文学もすべて
陰性、そう
真理もそう）

死だけは公平
死にはいくつも種類がある
La mort
Le décès
死を前にした時だけ私たちは

言い争わない
ある名詞の
男女の別を

預言・エルサレム

エリ、エリ、レマ、サバクタニ！
——マタイによる福音書二十七章46節[*1]
・人の母
私に子を授けたのはある
大天使、ほの暗い燭光のもと彼の現身《うつしみ》私の石室
稲妻のように私を貫き一枝の白百合を手渡した
まるでひび割れた杯のように
・人の子
霧・闇夜・オリーブの園
足音は騒がしく、目覚める人はいない
彼らはついにやって来た
私はついに眼の中の脆弱を漏らす

預言は的中彼は私を母にした

処女のからだは厩《うまや》のように開け放たれ
厩の中にあなたの泣き声が夜空の星のように
夜はとても寒くとても晴れて、多くの人が星に付き従いやってくる

預言の中の血染めの書面、私の運命
このすべてを私がいかにひとりで担うのか
もし私が裏切り者となり口づけをして死すなら
もしできるならもし私がこのすべてを免じられるなら

あなたの生命、このすべては
たしかに天使から来たもの
私を救い私を浄め私に罪と罰と侮辱を免れさせた
あなたはたしかに私の救世主

これは誰の罪と罰なのか？　鞭
いばら、足かせは私の信念を摩擦する
かつてこの地を敷き詰めた棕櫚は天使のような翼で私を迎えた

かつて私は放浪のない国を約束した

　　　　　　　　　　　　　そのとき乳と蜜はすでに流失
　　　　　　　　たえず移動する私の語彙の中に砂漠はあっても魚はなく
　　　　　　　　　　　　さまざまな烈日はあっても木はほとんどない
　　　　　わずかに残る水で私は無花果の花が咲くのを待つ、あなたを待つ

しかし今私の血私の肉は噴きだし四方に散らばる
そう、これは私が約束したこと、私の血を飲み私の肉を食らえ
虫や蟻が咬み齧るように、生命はかくも痛切：風雨は汗と糞尿
わが無形の父よあなたはいかにして私を見捨てたのか

　　　　　　　　　　　　　あなたは明らかに私の血私の肉
　　　　　　　　かつてあなたの手を引きあなたが歩みを学ぶのを見た
　　　　　　あなたの成長を見たあなたの奔走を見た穢れなき国のために
　　　　　　　　　澄みきって、穏やかで、暗い影はなかった

私は重いシンボルを背負い熱狂する路地で
転び倒れ、踏みつけられるのにまかせる

折れたような棕櫚よ私は自らの預言をいかに確かにするか
私の目頭に血の光が充満し、虚空はるかかなたに広がる
今あなたの国は遠い虚空のよう
いかにしてあなたは鉄釘と十字架から抜けだせるか
十字架のあなたは両眼を落としまるでそれを確かめているかのよう
あなたのとっくにわかっていた運命を

白い鳩はなく宗教音楽はない
あるのは笑い嘲り号泣だけ、この乾ききったゴルゴタの丘に天使はいない
——私に準備はよいかと聞くのは誰か
鉱脈をたたくように彼らは鉄釘をたたき私のからだに釘を入れる
このすべてはほんとうにそれをするかいがあるの
あなたのからだはぶらさがり私はあなたを抱擁できない
人の子、子ヒツジ、救世主、それは私が哀傷する道
沿道の門弟は点々と散らばっていく
将来誰かがこれは贖いの道だと言うだろう

もし必ず愛のために死すならばどうかこの血肉の愛を受けいれて、死とともに
天国の未来図を受けいれてたとえそれがただ私の理想の国にすぎないとしても
夜が明けるとき霧が出てまるで天使の翼のように取り囲む
　十字架のあなたはもう私を見ようとしない
今私は雲の中のあなたの影に口づけるしかない
　今私はいかにして母の心を収めるべきか
　　ああわが子よ

私の心の白い鳩がはばたいて
すべてが、ついに完成する

訳注
＊1　マタイによる福音書二十七章46節に次の一節がある――そして三時ごろに、イエスは大声で叫んで、「エリ、エリ、レマ、サバクタニ」と言われた。それは「わが神、わが神、どうしてわたしをお見捨てになったのですか」という意味である。

リモート――ウイルス二〇一九

私にはあなたが見えない

一匹のコウモリを占有してから
ひとりの人を
ひとつの都市を
ひとつの国ひとつの州を
地球全体を占有する
その勢力は日に日に拡大
一キロメートルから
一万キロメートルまで
十一月から一月まで

ふたたび一月
一個の銃弾も見えない
一滴の血も見えない
姿が見えない
それは無形無色の
物音ひとつ立てない襲撃

占有。封鎖。
その勢力は拡大しつづける
私たちの手を借りて
私たちを窒息させ私たちに衝撃を与え
私たちを死なせ、だがそれは死なない
それに生命はない
私たちは全面敗退
私たちの距離は拡大

しつづける、私にはあなたが見えない
地下鉄は運休　汽車は臨時運休　飛行機は欠航
通りから通りの端まで
ガンジス川の距離
まるで永久不変の距離
私たちは同じでも、すでに
異なる世界にいる

大地は静止する
太平洋は不安で動揺しつづける
フェイスブックとマスク越しに
あなたを見た…不完全な
バーチャルなあなた
あなたの笑いはリモートにある
――少なくともまだ生きているとあなたは言う

バーチャルで
不完全にしか見えない
でも見えた
あらたに感じてあらたに見えた
その見えない、バーチャルに適応する
不完全な人生、すべてはまるで
さかさまにぶらさがるコウモリが
適応するように、生きていく

チェ（一九二八―一九六七）*i

古めかしい呰のなか
巻きたばこのベテラン職人トルセドールは
私の手を取りシガーの巻き方を説く
手は揺らさず、圧力は柔らかく十分に
革命のとき彼はカストロのために働いた
今、革命は
（あなたの革命は）過ぎさった

半世紀をへたハバナ
街かどを行き来する古いフォード古いキャデラック
五〇年代の黒いキャットアイサングラス、豹柄の

背中のあいたドレス、迷彩柄のバミューダパンツ
バラの赤　シャンパンの黄　トルコ石の青
オープンカーの観光客は笑いはしゃぎながら
革命広場と革命詩人記念塔を横切っていく
あの年の勝利を祝う閲兵式も
やはりこんなににぎやかだったのだろう

古い広場、古い修道院、古い機関車
古い裁縫店、古い本屋、古い薬屋
古い井戸、古い理髪店、石造りの古い街並み
道の標識はユゴーの家を指し示す
（誰かがレ・ミゼラブルと口にした）
ハバナとその崩れ落ちた植民の相貌、街頭の
ラテン音楽の舞台には赤と白が入り混じり
戦場さながらの熱気

気温摂氏三十五度、湿度八十二
太陽はこれ以上熱くならない
メキシコ湾の教会の鐘の音、まだ
修復していない沿岸防衛基地
これ以上懐かしいものはない
Hasta la victoria siempre《アスタ・ラ・ヴィクトリア・シエンプレ》
若いバイカーよ、あなたは言う
勝利するときまで、永遠に
あなたの顔はすでに永遠

人びとはリュック、ベレー帽、Tシャツであなたを慕い懐かしむ
キーホルダー、葉巻、絵葉書
（あなたは商品に変わった！）
ヘミングウェイご老体のミントグリーンの
ダイキリかモヒートのグラスを持ちあげて
フロリディータか

喧噪のボデギータで
乾杯、チェ

今はすでに革命はなく
あなたのように革命する人はいない、南方の
ジャングルの、とある場所で
カラスは騒々しくまるで銃声のよう
あなたは頭をあげて眺めやる、鳥の声はなんと近く
なんと遠い、その刹那すべてが
静止画像

チェ！

原注
＊i　チェ・ゲバラ（Che Guevara、一九二八—一九六七）アルゼンチン生まれの左派の領袖で、マルクス共

産主義が南米の貧窮問題を解決できると信じた。キューバの実力者カストロ（Fidel Castro、一九二六―二〇一六）を助け、ゲリラ革命を成功させ、一九五九年キューバ共和国をうち建てた。ゲバラの本名はエルネスト（Ernesto）だったが、仲間と呼び合う時に「チェ！」（スペイン語で「やあ、ダチ」の意）を使い慣れていたので、この愛称を用いた。新政府の国立銀行総裁となりキューバ紙幣を発行する時、正式な書類にも「チェ」と署名した。これは彼の「金銭は神聖ではない」という観念を現している。一九六五年にキューバを離れ、一九六七年十月八日にボリビアのジャングルで親米政権者に捕らわれて、翌日銃殺された。

静物・シリア

猫は静物
サボテンは静物
石段、鉄の欄干、白塗りの壁
壁にダマスカスの薔薇
テーブル、椅子、頁のめくれた本
我は火の王なり
真理のために存在する
黒いスカーフ、刺繡の靴、陶製の甕《かめ》
金メッキの掛け時計　短針は五に
長針は三に、日めくり

（２０１３．８．２１）[*i]はすべて静物
鉄かごの中のキヌゲネズミ、静物
おとこおんな子供たち
子供をかき抱き、凝固した姿勢
一体二体三体四体
人は静物、わずかな臭いが
しずかに（死をもたらすように）満ち広がる
一部の破裂した、まだ破裂していない
爆弾は静物
内戦を過ぎ、町は静物
太陽は静物
煙は静物
主のいない鷹は平らに翼を伸ばし
静物のように、飛ぶ

原注

＊ｉ　二〇一三年八月二十一日、シリアのグータ地区は化学兵器の襲撃を受けた。国境なき医師団（ＭＳＦ）によれば、三百五十五名の市民が死亡、三千名あまりが中毒症状を呈した。

マティスのニースを探し求めて[*i]

——二〇一六年バスティーユ

ニースではものを考えない
私たちは存在する……
ニースのリズムは
四百年前のリズム
誰もが免疫力のないものぐさのまま

散歩のリズム
画家は絵を描かない
詩人は詩を書かない
歌手だけが歌をやめない
少しだけ、薔薇と落ち葉の歌

慌てふためかない海、空気
バイオリン、葡萄酒
ベランダ、柄物シャツにくるまれた金褐色の
半裸のからだ
マティスは一世紀前の窓辺に立つ

大通りの片側の海を見おろす、海、海
食堂に皿いっぱいの獲れたて生ガキが運ばれる
彼は夢中になって見つめている
あの灰燼《かいじん》のようなまだらの殻
世界は海の片側に静かに腹ばいになる
夜になり私たちは火をともす
愛、自由、平等の花火
花火は消えた、巨大波
（真っ白な十九トンのトラック）が猛スピードで

ニースの海をなぎ払う

十九トンの恨みは
やみくもに激突し、とまるつもりはない
バイオリンや薔薇のため、教会のため
ゆりかごのため、誰かの涙のため
恨みは激突し砕ける

私たちの葡萄酒とからだは
残されて、ただあるのは
夜、飛びさらないカラスだけ
残されたのは孤立したベランダ、座る人のいない椅子
カップ半分のアールグレイだけ

それも冷めて、苦く変わった
ニースの海一面が慌てふためく

残されたのは
私たちの堅い抱擁、あたりを見渡し
マティスのニースを探し求める

原注
＊i　一九一七年、マティスはパリからニースに転居し、紺碧の海を背景とした絵を無数に描き、最後はこの地で息を引き取った。二〇一六年、ニースの海辺でパリ祭（フランス革命記念日）の花火を見ていた群衆の中にトラックが突入し、八十数名が死亡、四百三十数名が負傷した。

タロットカード13番

i

真夜中に
何か聴こえる人はいない
スマホのブルーライトが揺れうごく
曼陀羅華《まんだらげ》が揺れうごく
夜間。湖。衝突。
水銀の湖が揺れうごく
本を開く
タロットカード大アルカナXIII
白馬。黒い旗。髑髏《どくろ》の騎士。

ラヴェルの水の戯れを聴く
奇数の水
私は猫の毛を梳かす
あなたはどこへ行きたいの？　最後の一秒
最後の一秒　最後の
湖面には何が
揺れうごいている？　だれの名前？　だれの顔？
何が行き来している？　どんな希望があるの？
死に希望はあるのだろうか
果物を切りヨーグルトを食べる
メールに返信。本にサイン。講義の準備。
吊るしランプと便器が壊れて
だれか修理に来た
小包を送る。クレンザーを買う。給油する。
石油がまた値上がりした
ヤナーチェク[*1]の霧の中で

憂鬱な霧を聴く
肉体。エーテル体。アストラル体。

ii

年。月。日。
時。分。秒。
あなたはどこへ行きたいの
純潔の白馬が奔《はし》りすぎる
私は電卓を使い計算する
短すぎて長すぎるこの一瞬を
街はじとじと
雨はちらちら、雪はひらひら降ればいい
あらゆるものが白く変わり、覆い固める
覆い固めるのがいちばんいい
死は覆い固める
傷口を覆い固める　憂鬱を覆い固める

ある夜を　ある湖を
湖面の衝撃音を
眠りは死　忘却は
死それこそが死
すべて覆い固める、覆い固める
スマホのブルーライトは穏やか
湖面は穏やか、雪はない
雪はもういらない
あなたがいてもいなくてもかわらない
夜は黒い旗のように
曼陀羅華は垂れさがる
天使のラッパは垂れさがる
何か聴こえる人はいない
もういちどやってくる
のか？　わからない。おしえて

原注

＊ Beccaに

訳注

＊1 ヤナーチェク（Leoš Janáček、一八五四―一九二八）モラヴィア（現在のチェコ）の作曲家。

猫がいない＋1

1.

花がない
（だから蝶がいない）
猫がいない
（だから空っぽの）部屋
そのひとは翻訳する
物音はなく、異国の
コトバは猫のよう
いくら撫でまわしても
捉まえられない一羽の蝶

十一

そのひとの心は
一匹の猫に食べられた
猫はそのひとを食べ
（猫はひどく空腹）
裏庭に身を隠す
塀にのぼり身を隠す
葉の落ちた緋寒《ひかん》桜にのぼり身を隠す
（猫はまだ空腹）
いちばん高い南洋杉にのぼり身を隠す
あたかもバベルの塔に立つかのように
（猫はあまりにも高く立つ）
白い尾花の蝶が見える
白い蝶の波
海が見える

そのひとが外海へ駆けていくのが見える

夜行の子

i

「私は・ぜったい・家に・帰る」彼は言う
それは
初めから
航路を逸れた飛行
鼓動が脈打ち一本の曲線になり
地球の巨大な監視装置を滑っていく
こんな一本の線
線はまるで夢遊し中断するように——

振りかえり来た方向を探す
人生はどの点で
休止するのか、人は
みな世界のどの隙間に潜りこんでいくのか

ii

ツインタワー
二つの巨大な試験管
人間界の出口を守る関所

もう振りかえることはできない
霧は立ちこめ
ビルの光はゆっくりと
湿布した天幕に吸いこまれる
「私たちは自分の影の中を転げまわる」

倉庫。荒地。行けば行くほど辺鄙。
彼は突然何が妖怪かがわかる——
ここは肉体の地獄
「私たちは全員拘禁され
たえず取りかえているのは互い
の配列組み合わせ」

iii

夜な夜な
多すぎる美は集中すると
劣化する
ある種の焦慮に
ある種の疾病に
残忍、自傷
ある種のウイルスを誘引または起動する

「あるいは今夜ついに誰か
私を愛するかもしれない」、あたかも
原稿は書いたのに上質の肖像写真を忘れたように
現在の彼は
憔悴しきって、光沢がない
再会は一種の残忍な遊戯

iv

これら記憶の残骸——
もしこの姿勢からはいれば
記憶がドアを突き破り出ていくのを見ないですむ
最後のわずかな火は
歩道で自滅し
物語は終わる
巫女はルビーのかかとを三回打ち鳴らす

さらに三回打ち鳴らしても
やはり彼は戻れない
「私たちにわずかに残されたオンラインのパスワード
それこそが互いの寂しさ」
振りかえってはいけない、振りかえると
塩柱になる
彼は結局何を誤ったかわからない

原注
＊詩中の「　」部分のせりふは、郭強生の短篇小説集『夜行之子』（二〇一〇）所収の「換魂」、「女巫」、「回光」から引用した。

謫仙

多種多様な姿勢で
考え、眠り、遊ぶ
あるいは私をかわす
今は低く伏せてじっとしている
ひとみを凝らし、ゆっくり移動し
ぴたりと近づく

近づけば、ひととびで正確に
一匹の節足類をわしづかみにする
あるいは蠕虫《ぜんちゅう》、環虫類の肩か首
思い通りにできるとわかると

手をゆるめ、ためし、ぐるりと回る
まるで捕虜の忠誠を測るかのように

そのうえさっとふりかえり
終わりのない捕獲を続けては
弄ぶ、それから武器をおさめ
紫の葡萄のような
肉球の掌をなめて、腰を伸ばすと安心して
眠りにつく

狩りは危険がいっぱい
夢のジャングルの中——
猫は名もない水晶銀河系からやってきた
より緻密にできた種
まるで雲、雪ヤナギ
あるいは謫仙マーサ・グレアム[*1]

訳注

＊1　マーサ・グレアム（Martha Graham、一八九四―一九九一）　アメリカの舞踏家。モダンダンスの始祖の一人と言われる。

雪——リトルザガスタイノール*i

・最初の雪

もう一度雪にもどる
もう一度踏みしめる冷たさ
そして柔らかさ、もう一度
カササギが数羽
雪が舞い散る石打ちの羽を広げて
飛来、はるか遠く木の梢にとまる
単純な停留
雪片はそっと網のように樹を覆い
カササギを覆わない

雪は信頼できるもの
明日の草原はもっと広々として
潔いものに変わる、天国だけが
そんなふうに潔い

白は唯一
明日はもっと寒くなる
私を迎えるのはもっと多くの雪
そして長い夜。ほんとうの寒さは
寒くない。明日しらべよう
白について

・白

雪は白　雲は白　綿羊は白
カササギの肩羽　羽弁　上下の腹　骸骨は白
壁は白　紙は白

私の食器とシーツ一枚　白い明細書
天国は白　さびしさは白
澄んだ音。響きわたる。

・基地

これは雪の基地
二頭の蒙古馬が凝結する
雪の大地に。銅の彫刻のように
ふたたびの野遊びを静かに待つ
牛羊たちがのろのろねぐらに帰り
それぞれの毛氈《もうせん》にくるまり
眠りにつくとき、広い一面の凍てつく黒が
より属するのはあの属すところがない
オオカミ、タヌキアナグマ、ノロジカ、砂ギツネ、野ウサギ

眼を閉じれば夜

眼を開ければ、満天の属すところがない
星がすぐ指先にある
無限の黒、寒さ、そしてキラキラ
――この星の夜、この夜は
醒めているのか死はこんなふうなのか
このキラキラした空《くう》

・小さな木の家

小さな木の家の窓は
すきまなく覆い隠す
すきまのない黒
の外、雪は
あたかも精霊（小型の
白いハト）のように音もない
現身自らもうひとつの世界
炉の火はだんだん

だんだん灯火の光も消える
時間は猫
眠りを思うその足取りは
あまりに軽やか
最後まで知覚できない

・残り雪

雪は溶けた。カササギは東に向かい
太陽は待つ
朝の鐘の第一声。きっと彼らは
敬虔な僧と尼、この
ぼろぼろのゴシック様式の古い楊樹のために
魂よ帰っておいで

雪は溶けた
カササギは残り雪を携え飛んでいく

かれらの翼は
かれらの胸襟は雪
の遺伝。全身に
雪の意識が密封保存されている
黒い雨　覆い羽　白い羽弁
夜につきしたがいかれらは夜に飛び入る
この残り雪の飛翔に

雪は溶けた
牛と羊の草の斜面に
重なり合う黄柳の後ろに砂ギツネ
野ウサギ、オオカミ、タヌキアナグマ、ノロジカの家
かれらの足跡は重なりあう
生と死の重なりあい
雪は溶けた。凍った湖のほとりに

蘆より春の温度を
知るものはいない、かれらはもう少し
待たねばならない。啓蟄の窓辺で
私も待つ

・天文現象

気流にしたがい高くのぼる
ぐるりと回る、ぐるりと回る
ふわふわのスカートのすそをはたきながら
神経質に笑う
あれは星
金星と月の接近
金星は月の北にある
抒情はよいもの
苔　真菌　穀物の草の野原
夜行性鳥類と哺乳類は

音信をかわす――ふたしかな抒情は
夜を支えとめる、とぎれとぎれに

・二度目の雪

雪、あるいはもっとたくさんの雪
冷たい、あるいはもっと冷たい
ここは終始けがれがない
だれもいない、だれもいない
カササギは行ったり来たり痕跡はない

夜はあんなに黒く雪はあんなに白い
私は選んでいない
あれはイタチの叫び声
かれらも眠っていない
あれは小ジカの道　野ウサギの道
雪の大地をかれらは愉快に駆けまわる

雪
それは時間、忘れやすい
私は雪を踏みしめ
野ウサギのような足跡を残す
私は雪を踏みしめ、足跡は時間につれ
時間を融かすとても早く

明日、また白をしらべよう……

原注
＊ⅰ　リトルザガスタイノール（小札格斯台淖）は内蒙古の正藍旗（シリンゴル盟）の湖思基地にある。

立春

霧の中の老木は知っているのか
自ら霧の中にいることを
自らポッポッ小さな花を咲かせ
陰鬱な朝に
雀が何羽かそれに小躍りするのを

それは正確無比
一年一年永遠に
立春の時節、花を咲かせる
たとえ災難のあとでも
たとえ一部しか残らなくても

膝の高さの切り株は
ちぎれた柱のように裏庭の
真ん中に立つ、ちぎれた柱の右側から
伸びたかぼそいひと枝の
屈強な深紅

災難のあとの緋寒《ひかん》桜
野火、ウイルス、土地の
開発あるいはふたたびの
嵐がふたたびその命を断ち切る
と知っているのか――もしかして

それはべつに気にかけないのか
時空の濃霧に立ったまま
小躍りする鳥を気にかけない

それが待つのはもしかして
果実ではなく、喪失か

この裏庭を気にかけない
この囲い、囲いの中の裂けた葉っぱ
秋海棠と月桂樹は（長年私が
世話をした）長年たっても
まだそこにあるかと気にかけない

ぬけがら

彼女かもしれない
（彼かもしれない）
ちょうど石と石の
草と草の隙間にいて
くねくねくねくね
見られた私が
見ている彼
（あるいは彼女）の捨てた
体外の物：ひとつは白、ひとつは灰色
大きさは似て、模様が違う
泥と油を洗い清め

私の窓辺にかけておく
二行連句は横に並んで
陽にさらされ、切れそうで切れない
ほぼ完全無欠

彼かもしれない
（彼女かもしれない）
ひとり暗い影にとぐろを巻く
とある樹にのろのろ進み
とある花のにおいをかぐ
あなたたちは出会ったかもしれない
彼は誰？
私は誰でもない
彼女は誰？
私は誰でもない
こんなふうにくねくねくねくね

ディキンソンがエリオットと出会ったとき
夜の闇は天空に満ち広がる、あなたたちは
彼と彼女と彼女と彼に同行する
伏義《ふっき》が女媧《じょか》と出会ったとき

私は彼女
あるいはあなたの体外
の物、その密教に耳打ちする
いったい何をわかっているのか
世界はあなたたちのせいで難解になった
誘惑のひとことが
女にリンゴを見つけさせ
天地は二つに分かれてしまった
あなたたちはタブーでトーテム
色欲と繁殖
殺戮と再生

ファラオの玉座
マヤ族の神殿
すべてあなたたち
共工《きょうこう》　相柳《そうりゅう》　窫窳《あつゆ》　貳負《じふ》＊1

体外の物が覆う
あなたたちのからだ、甲冑のように
一枚一枚覆う
唇と眼
覆わないのは凝視とキスと
想像……歩いたり立ち止まったり
くねくね音を立てずにくねくね
私は荒野を聴く、聴いたのは
彼女と彼が
ススキを使い石を使い
一回一回もがき曝し抜けだして

おのれの脆弱を許すこと
丈夫でしなやか冷静沈着
連句は書けば書くほど長くなる
脆弱の記録

脆弱について、あなたたちについて
私はいったい何をわかっているのか？
あなたたちはどこから来たのか？
とどまるかあるいは通り過ぎるか？
どこへ行くのか？　あなたたちのからだは
あんなに多くの問いを書き出して
答えを期待しない
（かもしれないかもしれない）
その重複する環節は記憶
ぐるぐる回り離れていかないのか？　記憶について私は
いったい何をわかっているのか？

彼女は誰？
私は誰かではない。あなたは誰？
私は誰でもない。夜の闇が
天空に満ち広がるとき……

訳注

＊1　いずれも古代中国神話に出てくる怪物。「共工」は蛇形の洪水神。「相柳」は九つの人間の頭を持つ大蛇。「窫窳」は人の顔、牛のからだ、馬の足を持ち、人を食う怪物。「貳負」は人の顔で蛇のからだを持つ神。

あいさつ

ひとむれのスズメ
十七羽
台風の空に並んでいる
心配そうに
電線の上

四羽
七羽
六羽
十七個の音節
構成もなく韻脚もない

（元気かしら元気かしら
かれらはただ繰り返すだけ）
対位法の諧声
三羽九羽五羽、それは
窓外の俳句
かれらがどう書こうとも

原注
＊　佐藤普美子へ

羅漢松《らかんしょう》

i

足を組んで座り
地衣類に融けこむ
瞑想する丹青は
猫よりさらに平静で
清浄、さらに近づく
雨の清浄に
石の平静に
昆虫や鳥は驚かない
時空の有無

異義
多義
猫科の植物
私の羅漢松《らかんしょう》

ii

季節の痕跡はない
冬も、春も
あるのは飛天、地を去ること三尺
宝蓋を施す……折り重なる翡翠色
連なる山々の擬態
矛を持つ少年はギリシャにある
垂直バランスの
ブロンズ彫刻一体
古典は、消耗に堪えうる
蝶の影がかすめる

日が照らす白紙に
痕跡はない
車の音　人の声　犬の吠え声

カモメの詩学

i

覚えている《チーダ》。覚えている《チーダ》。

ii

足は砂と小石を覚えている
耳は水音を覚えている
頬、ほんのり塩からい風
かつて、きっと
あなたはそんな一羽のカモメ
波しぶきを踏んで散歩する

小さな舌先は波しぶきに似て
藻をなめる
世界は海
時間は海
他にない

iii

まだ残るカモメの
驚き叫ぶ声。カモメが
落とした羽のため　開いた貝殻のため
風が通りぬけるため
からだは冷たい
あなたは驚きいぶかる。一陣の風が
貝殻を通りぬけ
カモメのからだを通りぬけ
羽を吹き飛ばす。まだ残る

カモメの驚き叫ぶ声

iv

世界は大きく、飛ぶ鳥に
国境はない、かれらが
選ぶ冷えきった
海岸、雪が降っても海を見る
カモメには自分の群れがある
その辞書に
海に類することばは多い
一艘のモーターボート
一機の低空飛行の水上機
一個の石　一陣の風
すべてが話題を引き起こす

v

カモメの眼は
透明で深く沈む
隠喩のように
海のように
海の隠喩は時に
優しく、時に奔放
抗えない
――もしも帰属が必要なら
海だけに
戻りたい

vi

早朝七時半
ダウンの服。エスプレッソ
コーヒー。ウンブリア出身の
マスターいわくカモメについていけば

海を探せる
海は重い、灰色
カモメは軽い、灰色
雨が降れば
傘をさす人がいる
雨を喜ぶ人がいる
夜になると必ず
寝慣れた床を求める人がいる
むしろ砂浜にとどまる人がいる
街かどにいるしかない人がいる……
自由な意志は自由な
選択と同じではない

vii

日曜日、海を聴く
月曜日、海を聴く

火水木金土、海を聴く
とどまるカモメに告げる
お休みなさい、良い夢を

viii

氷河面積が崩壊する
雨林の野火が蔓延する
三千七十八種類の動物
二千六百五十五種類の植物が絶滅に瀕する
だがカモメには、だがあなたには
海がある
海辺であなたはひとりぼっちではない
あなたは老いる
岩石は老いない
岩石はものを言わない
岩石の脳は雑音を隔てる

海も老いない
海はあなたと話す
毎日言い方をかえて
海辺でカモメはひとりぼっちではない

ix

あなたが思い描く
カモメの詩学
波しぶきひとつひとつが
動き揺らめく一篇の詩
カモメの神学
ソロモン王の知恵
の書、やむことのない雅歌

x

最後に飲むコーヒー

最後につなぐ誰かの手
最後にする話、雨に濡れて
この砂浜を通りすぎる
最後の一回、もし
次がないのなら
——海辺
昨日乗った大観覧車は
今日はもう取り壊された
まるで夢の中で会えたよう、めざめれば
その映像はなおも鮮明
たとえ記憶は完璧でなくとも
これが最後
あなたは喫茶店のマスターに
別れを告げる？　あるいは
一羽のカモメになるのを
選ぶだろう。どう引き返し

どう覚えているのか……

モクゲンジの花——悼む

椅子はあなたを待つ
書斎の本すべてが
あなたを待ち、掃き出し窓は
あなたが近づくのを待つ

モクゲンジの花は黄ばんだ　モクゲンジの花はおずおずと
モクゲンジの花は分かっている
寂しさを、あなたの
椅子は空っぽだと——

私は知っている

このページをめくれば英雄がまもなく立ちあがる……

訳注

＊ 詩人楊牧（一九四〇―二〇二〇）を追悼する詩。モクゲンジは古代中国で、多く士大夫の墓に植えられたことから、知恵と才能の象徴とされる。最終二行は楊牧の詩「却坐」（詩集『渉事』）からの引用。ここでの「英雄」とはかつて楊牧が翻訳した中世英国の騎士物語『ガウェイン卿と緑の騎士』の主人公を指す。

第二章　落葉の貼り絵

落葉の貼り絵

真空の静けさ。私には私だけ。私だけが自分はまだ生きていると知っている、次の一秒で
死ぬかもしれない。私だけが自分の名前を知っている。

Ⅰ　長い廊下を通りぬけて

・

あなたはなぜ私に残したのか
細かな草のようなこれらの文字を
象形文字、楔型文字
何を見て何を経てきたのか

筆づかいから私はわかる
あなたが何を書いたのか

・

どうしてあなたを失ったのか、母よ
文字はこんなに見慣れない、あなたの
暗い海の眼は何も漏らしたことがない
これらの物語に名前を付けてあげましょう
あなたは言う、それでは全部違ってしまう
私の名前は残さないで、私が生まれ
死ぬ場所は大事ではないのこれは
私の物語ではなく戦争なんだから――

Ⅱ　河の対岸にて

・

あの夏はまだ戦争がなかった。風は私のスカートを吹き私を吹き梧桐を通りぬける。河面に花が私の影がある。雲は顔をかすめてゆく。私の自転車は対岸にある。

・

いつから私は失ったのか
名前を　いつから夏は変わったのか
苦渋に　いつから
どの岩石も
どの木も死んだのか
壁の手の血は私の幻覚なのか
私の幻覚は血を流す
たくさんのオニヤンマが飛んでゆくのが見える
たくさんの河豚《ふぐ》が丸いお腹を膨らませ
落ちて爆竹のように炸裂する

・

隣家のおばさんが手紙を一通受けとった
字が読めないから、母さんは一句一句声に出して読む
あなたの息子は……おばさんは何も言わず
私たちを外へ見送った
戸が閉まるとまるで
子を産むようなすさまじい叫び声が聞こえた
国のために命をささげるって何、母さんに聞く
母さんは私の髪を短く切った。とても短く
短く、きれいにね、と母さん
笑いながらでも泣いていた
そして私たちは出ていった
雪が降ったら間に合わないと母さんは言う
食卓と椅子をしまいドアに鍵をかけたら出るのよ
悪い人たちが来るから

・

たくさんのオニヤンマが飛んでゆく
通りがまるごと見えなくなる
ただ砕けたレンガの瓦だけが残されて
ディザスター映画の大写しのよう、私は眼を大きく見開く
二、三秒の映像と鋭い叫び
こうして画面は一時停止
母さんの手は鉗子のように私をきつくつかむ
痛いよ、あちこちの血
ばらばらの腕、すね
あれらの鋭い叫びが痛い

・

泥土の地は一面の黒、乾いて塊となる。もし次に雨が降れば、それは生き返ったように、
濃褐色に変わるだろう……うわさでは死体の山から這い出てくる人もいるらしい、でもそ

れらはすべて死んでしまった

・

私たちはいつも走っている
いつも隠れている
母さんは片手にトランクを提げ
片手で私を引っぱった
急いで。早く早く早く母さんは叫ぶ
私は靴のひもをまだ結んでいない

・

ある男が地面に伏せてはまた這い出した
ふらふらと歩き続ける狂人のように
鉄の鎖が引っぱるように
母さんはなぜ休まないのと彼に聞く、男は言った、俺を投げこむな
やつらに俺を河に投げこませるな、穴に投げこませるな、ガソリンで

焼かせるな俺は俺は家に帰りたい

・

月はつやつや光る。陥没した墓の上で野草が風の歌を歌う。これは風の家。骨は骨をたたき、野ネズミはそっと荒れ地をひっくり返す。こわがらないで。ひからびた骨は人を殺せない。

・

駅は人でいっぱい
地面に寝そべる人もいる
群衆は集まり、散らばる
まるで無形の片手が
彼らを指揮しているように
標識になじみの地名はない
地図のどこにも見つからない
私たちが落ち着ける場所

空気に混じる尿の生臭いにおい
女は子供を抱え壁にもたれて座り、そっと
子供の髪を梳く、まるで
彼、あるいは彼女を起こさないように
ある男がやってきて、何か言うと
子供を抱えて出ていった。女の口は半開き
まるで笑っている、死人の笑い

・

母さんの手を引っぱる
柵の門は半分閉まる
群れなす人が押しあいへしあい
鉄条網を隔てたそこは租界地区
誰かが衛兵に拳を振って
大声で叫ぶ、柵に這いのぼって哀願する
母さんが私の名を呼んでいる

あるいは私が夢を見ているのか

・

警報がまた鳴った。私は泥の溝に押しこまれる。溝の中には何でもある眼鏡靴ナイフ布の
人形腐って落ちた木の葉

・

溝から這い出ると
いたるところすべて人すべて血
ある兵士が私を蹴って
これは女の子かと言う
銃の柄で肩を突かれ、私はうずくまる
声を出さない、いたるところすべて血
すべて人　ひとりひとり折り重なる
そして彼らは行ってしまった
そして周囲に煙が出る　母さんは母さんは

煙はだんだん濃くなっていく　その記憶は
私を目覚めさせ何度も泣き声を耳にさせる

・

燃える
燃える燃える燃える
火の着いた通りを
私は懸命に走る
火は窓から手を伸ばし私を捉まえようと
家屋をひっくり返し追いかけてくる
歩みを止めて振りかえるとほとんど
火は美しいほとんど妖艶だと思う
その手話が
私にはわかる

・

一羽の螟蛾《めいが》が木の幹に貼りつき
死んだ。仲間からはぐれたMのように
前世紀の
さらにもうひとつ前の世紀の幽霊
私が撫でる母さんの額はこんなに冷たく
こんなに遠くにある
私の指は小刻みに震え
風は音もなく壁の割れ目から突きでた小さな草を吹きすぎる

・

流浪するまち。真実でないまち。ある男が頭を垂れて街かどにうずくまる。左腕に女の子を抱え、右腕はない。

・

多くの父さん母さんは子供のからだに
記号をつける。私には二つの星が

左脇の下にあり母さんはそれを隠すようにと言っていなくなった

・

ハンカチのひとすみに
母さんの名前が刺繍してある
母さんが好きなのは木箱の
色とりどりの緞子をかき回すこと。木箱を開けると
香りが漂う。花の香りは
花園を通りぬけて私の
ほのかで淡い記憶を探しに来る

・

住む所はしじゅう入れかわり星の
方位も入れかわり私の顔も入れかわり夜は続いて
続いて毎晩一群の星が生まれ一群の泣く子が生まれる
暗闇は生命を継続し死を継続する

手と脳のあいだには一面のゴビ砂漠が広がり
風砂は燃えるように野犬は一歩一歩近づいてくる
何か記憶したり何か書いたりさせないで私の心は
空っぽ風砂は燃えるように記憶は暗闇
幽霊は夜の中で道に迷う私の手私の顔
血の痕は点々と抵抗するかどうかはもう問題ではない風がさらに
強くなっても問題ではない

・

ここには水がなく岩石だけがある道は山中を迂回し岩石だけがあり水はない汗が流れ乾いた口いっぱいの虫歯の山は水を吐けないもし岩石があるなら水もありもし水があるならそれは泉の水でもし水音ならばそれは干し草のさらさらさらさらさら鳴る音ではない。

・

長い廊下を通りぬけて私たちは
はいっていく。あれは本棚、母が言う
腕を左右に動かしまるで撫でるように
一冊一冊を。母は痩せすぎている
写真はすべてまだある　見て
母がとなえるひとつながりの
存在しない名前。あの自転車
母が指さす右前方、夏に私がよく乗った
養老院のホールは空っぽ
何ひとつない、風が蠟燭を吹き消す
今日は母の誕生日

・

青紫の光

青紫の時間
夜とむせび泣きは同義
傷の痛みは破れて穴のあいた一枚の服
穴が大きすぎて繕いようがない、捨てたい
でもそれは唯一からだを隠し覆うもの
お風呂にはいると母は言うお水をちょうだい
母は浴槽に座ったまま起きあがれない
こすって血だらけのからだをこするから手伝って

・

母は父さんの靴を描く母さんの手は
自分の眼と耳そして妖怪を描く
母の部屋は静かで廃墟のよう
石像のように眠るその夢には必ずひとすじの河たくさんの梧桐
通りの家が火事だと母は言う
血は父さんの靴から流れでているぜんぶが血ぜんぶが

・

廃墟に堆積するひからびた
木の葉と小石、写真と
本と本と紙切れ一枚一枚
私は手に取って、さすり、寄せ集め
置く、どの一枚も
ほこりだらけ。これらの——
ほこりの感覚はどんな
感覚？　私はそれらをじゃましてしまうのか

・

毒ガスだある人が毒ガスだと叫ぶ。濃い煙が漂い私は彼が雲の中に溺れているのを見た。
夢の中で夢の中で彼は私を見ている眼球は丸く見開きくるくる動く彼の顔は死神の顔で空
中で私を見ているうんざりしたように

・

窓外の枯れて黄ばんだ梧桐
病床の枯れて黄ばんだ顔
屋内に風が通るこれは風の家
窓は閉じられドアは揺れる
たえず揺れる私は身をかがめ母を見る
あなたはどなた　母はたずねる
養老院の囲いは母を包囲する
早くお帰りよ早くと母は言う

・

私が知ることは少なすぎる
母が話すことは少なすぎる
母はただ悪夢の中で言うだけ
彼の眼彼の鼻彼の耳は

泥でふさがれ彼の血は
黒く赤く彼の手は
彼に手はない彼はまるで半分だけ
焼けた木切れ……母は困惑しきった
手振りとためらうまなざしで言う
その時私は聴いてもわからない

・

何の音？　ドアの隙間風。風は何をしているの？　風は何もしていない。まさか何も知らないの何も覚えていないの？　私は覚えているあれら真珠は彼の眼、彼はまぶたのない眼を見開いてドアがノックされ開けられるのを待っている

・

もはや梧桐はなく
橋はなく道はなく人はなく
帰ってくれば知る人はなく

空気はなく母はぶつぶつひとりごつ
戦争はかつて終わったことがない
母の戦争はかつて終わったことがない

Ⅳ　途中

・

生命は少しずつ
消耗し待つことの中で消耗する
食べ物を待ち手紙を待ち爆撃機が
通りすぎるのを待ち夜を待ち夜明けを待ちに待って
待つ

・

太陽はむき出しになる
月はひとつひとつ消えてただ残るのは
兵士のヘルメット灰緑色《モスグリーン》の月
荒涼は延長され道も延長
ネズミは悠々と食べ物を求め道端で泣き叫ぶ人がいる
そして静かになる。死んで静かになる
初めは水がなく初めは食べ物がない
初めは道がない
私はまた去らなければならない

・

廃墟製造者　悪夢製造者
黒焦げの土地　木　家屋　人と家畜は黒焦げ
私のからだはまるごと鎖につながれ涙さえも流れない

・

伝染病。戦争。死。
私たちは靴や落葉を語るようにこれらを語る
悪夢は季節のように拒絶できない
私は前へ進み隊列は長い
雨は私でぬかるみで見分ける必要はない
低く沈むのはカノン砲、騒がしいのは機関銃
ある二等兵は仰向けに寝転がり眼を大きく見開いて懸命に見ようとする
天空は彼がほどなく失う世界を見ている
野犬が低く吠え彼らの探し回る足音が聞こえる
彼らの放埒なからだが放つ臭いを嗅いだ

・

夜はそんなにも暗くそんなにも静か。夜と死。すべてをここで終わらせよう。徹底した疲労。遠方のオオカミの叫びはひとりぼっち。やってこい。オオカミ、やってこい。抵抗するかしないかはもう問題ではない風がもっと強くなっても問題ではないだから吹いて私に落葉とは何かを教えて

月はつやつや光る
ゆっくりと移動する
山すそはゆっくりと変色する
男が地面に横たわり両足は硬直
若い女が男のそばに倒れ腹ばいになる
彼女の肩は震え彼女はまだ生きている
顔をあげると私に見えた彼女の顔の血
こめかみから溢れ出たその男
男の顔はもう顔を成さない
すでに二時間女がまた伏せるのを見た
もうすぐ隊列は去るほかない
流浪する街、砕けた瓦の私

すべては銃すべては銃あんなに多くの銃。誰かが懐中電灯で私を照らすあるいは月の薄暗
い光あんなに温かい死は温かいのか？　雪は降るか降らないか私のからだにまだ温もりが
ある雪は降るか降らないか

・

ついに春がついに
かび臭い冬を脱ぎ捨てる
だがボロボロの感覚は永遠に脱ぎ捨てられない
一枚の皮を脱ぎ捨てるようにはいかない
壁の隙間にはいり込もうとする壁の
裂け目よどうか私を収容して

・

ひと群れのスズメがものに憑かれたように林の茂みから逃げだす
彼らは爆破された太陽を聴いた
木と草はたえず血を流す

すでに花はないこれが最後の季節で花はない
恐れる天空　焼夷弾を恐れる太陽
私はただ暗夜が必要なだけ
何度も夢に見たきれいな河辺の木には数羽の鳥
このすべての意味は何なのか

・

その男は壁に立つ彼は放尿し私をじろりと見た彼は歩いてやってきて私にたばこの煙の輪
を吐きかける巨大な黒い影が押さえつける私は目を閉じて記憶したくないたばこのにおい
尿のにおい汗のにおい男の湿って粘ついた髪の毛その分厚い手

・

私は母さんの名前を
取りかえて使う
いたるところすべて火
鼻をつく硝煙のにおい

ネズミ犬猫人間の死体の焦げたにおい
薄紫の空の光がすべてを無にした
生命の荒野で私は必ず
野獣で必ず身を隠し
必ず騙し必ず忘れる
私はかつて粗暴で残酷だったかどうか忘れさせて

・

壁は厚く高く後方に一本の樹がありいくつかの星がある。木の根が壁にはいりこむ。星は
ネズミのように壁のレンガをかじっている。もう数百年すれば壁にひとつ窓ができるだろ
うそれはいったいいつなのか壁に時間の感覚はない。

・

足跡が消えた前方に
路はない。星を信じるな
あれらは星ではない

声を出すな、声はお前を殺す
夜はお前を食らう。月は山のふもとに
月はただオオカミと野犬に属すだけ
これ以上前に進むな。私たちはここにいる
この木の下で眠ろう眠れ

・

月の光を使いオケラを使い私はあなたに物語を聞かせよう薬莢の破片を使ってあれら忘れっぽいタンポポあなたの眼私はあなたの眼を見たいせめて私にあなたの眼を少しだけ見させて

・

私は覚えているあなたの額のすべらかな雪花石
樹林は鬱蒼として奥底が見えないこの黒い記憶
私はあなたのぬかるみの足音まで待てるだろうか
私が想像するあなたの形状あなたがオオカリの

翼の上に眠る形状ススキと砂地の
間に眠る形状を私は書きたいでも私の
ペンは方向を覚えていない陽光を覚えていない私は
かつて何を持っていたのかあなたはただの文字では
ないあなたはただの文字であってはいけないただの

・

まことでないまち
周囲の墳墓、廟、家屋はみな爆破されて散った
人と豚と幽霊は区別がつかない
梁と柱だけ残った家は家ではない
肉体だけ残った人は人ではない
廃墟にはいれば私はただの廃墟
毎晩夢に見るきれいな文字は
夜が明けると抹殺される
すべては聞いてもわからぬ虫の鳴き声のよう

そのとき紙とペンが何の役に立つのだろう

・

黒いとさか黒いくちばし黒いからだ黒い眼一輪一輪の黒い花は私の頭のてっぺんをかすめるそれらのわめき声は子供のよう。荒野にはたくさんの声がある。呼びかけ、祈り、嘆息、風、カラス、オケラ、オオカミ、野犬、金切り声、吠え声。荒野は私の中にある。

・

夢は岩石
私の鼻は死を嗅ぎつける
眼は消失を見て耳は聞こえる
亡霊の歩み私は跳びおりる
だが前方に断崖はなく
橋がない前方には荒野に続く荒野
荒野と墓と待つこと
生命とは何かなぜ生きるのか生きていくのか

なぜ私はただ隠れたいのか

・

土踏まずは火で瞳孔も火
周囲は一面の黒
火が着いた木の葉は上に下にとび逃げる
ひと群れのひ弱な精霊
私はもうすぐ死ぬ手紙はそれを焼き尽くす
私はもうすぐ死ぬ最後の記憶は火
私は記憶を抱く私は必ず記憶を抱くべき火の中で
必ず恐怖を忘れて火に飛びこむ
かすかな呼びかけはしだいに埋没し私は追跡する
あれは火だと知って
私の最後の門
燃える燃える燃える燃える

・

青紫色の空気
太陽はすりガラスを隔て
ひとりの妊婦が道端に立つ
彼女は知っているのかお腹の中の
命が向かい合うのは死だと
彼女は知っているのか明日か明後日
行きつくかもしれない場所を
ひとひらの黒い雲のように彼女は行きすぎる
足元の落ち葉はうめき声をあげ
彼女の眼の深夜に星の光はない

・

静かになる
落ち着いた

時間といっしょに眠りにはいる
いくつかの形状からしだいに消える人たち
沼と沢
カラス
銃
その後のことは私にはわからない

V　長い廊下を通りぬけて

・

彼女は強制され強制され強制されたのか
ひと晩またひと晩私は夢から
彼女が嗚咽する夢から目覚める
私は汚いから私に触らないでと彼女は言う

服がない服を着るのを手伝ってお願い
私は一枚また一枚と彼女に着せる
服は白いあの白いのをと彼女は言う
見たところまるで彼女は繭のよう

・

階段。長い廊下。移動する人。
どの顔もみな冷淡
痛みに終わりはない
疲れたと母は言う。待って
終わりまで
それは忘れること、および、あるいは、死
恐れは最後のかすかな
生きている証

・

ちがう。私は彼女を知らない。あの写真の中の女、あの女の眼は半分開いて、その腕は長く伸びて私を捉まえようとする。彼女は捉まえられない。彼女は死んだ。彼女は手がない。

・

悲しむもの失ったものはこんなふうに
ひび割れたもの奪い取られたものの句法
ちがうちがうちがうちがうちがう
私の思いこみあなたの思いこみ私のこういう思いこみ
私の母さんはどこあなた母さんに尋ねて
私を助けて窓を閉めて私の靴を脱がせて
ああ母よ私たちは何度もお互いを見失った

Ⅵ　納戸

私は書きつける一行一行の文字を書きつけるいくつかの物語ひび割れた物語ガヤガヤ騒

がしくて静まりかえった物語ちっぽけな草のような文字は象形で楔形で私はどう剪定すべきか私が見たのは時空の外にいるあなたが荒野にはいっていく氷のように冷たい影あなたはなぜ私にこれらを残したのか石段の上は私の家だからはいっていく迷宮にはいっていく客間書斎中二階寝室納戸へ記憶に出口はなくこだまがあるだけ埃だらけの水は深く水は静か河の対岸には梧桐があり一列の家屋があり小道と道端にたくさんのタンポポが咲き壁の写真はみな色あせて面影はあいまいで家屋はもうないあれら木と河と小道はみな影で写真の中の私と雲と岩礁のように動かない雲の影は黒く太陽は白い私は海をまとい前髪の下から半分目を細めてもまだ時間は見えない養老院はがらんとして黒衣の女が木のトンネルを通りぬけまた振りかえるとその顔には一筋の傷跡がある池にはエノコログサがいっぱい生えていてカラスの一声で突然女は消えた風だけを残してそしてひとひらの雲が池を通りすぎて空っぽになる行きなさい行きなさい鳥は言う木の葉の下はすべてが子供ではしゃぎ隠れて笑っている行きなさい行きなさい人があまりに多すぎる現実には耐えられない誰かが私の肩をゆすり起こし私は目覚めたがまだ眠りたい私が見たのは路地をものすごい勢いで走る半分だけおさげを編んだ女の子その金切り声で誰かが窓を開けて顔を出すがまた灯りを消した劇場の灯りが暗くなった舞台装置を動かすため暗がりを使って暗がりを動かす私は永遠にこの場所を離れることができないこのすべてに何の意味があるのか夢の中で見た

女の子は私なのか女の子は荒野に眠る月光の冷たさに抱かれて一羽の黒焦げに剝げ落ちたナイチンゲールに口づけして歌い続ける歌い続ける泣き続けるその声は荒野を埋めつくす彼女は血の赤の薬莢の破片の中で熟睡するあこれまでこれまでずっと誰も来なかったの来たのはネズミたちそしてコウモリは地面で爪を研ぎごみ溜めで牙を研ぎ鋭い叫び声を喉に突き刺してさかさまにぶらさがって壁の呼吸を聴いている片耳で私の夢をぬすみ聴きして片手その分厚い片手で私の心臓を抉り出す抵抗するかしないかはもう問題ではない風がもっと強くなっても問題ではないだから吹いて私に教えて暗夜の鋼板は私の肋骨のくぼみに狙いを定め押さえつけるそれでよいそれでもっとよい私を石に変えてタンポポに雪を舞わせ雪と忘れっぽいタンポポに私を覆わせて彼らの葬式に私は行っていない葬式はなかった葬れる人がいなくてすべて消えた知らせはないこのすべてに何の意味があるのか私の眼はニヤ遺跡[*1]の井戸で私の髪の間のススキはちょうど芽を出すタンポポはスカートの縁に満開でハマビシはしっかりと私の腰を抱きよせる一日はまた過ぎて花の咲く時期のあとに夏のあとにペンを執って私の秋を書けるだろうか隣家のおばさんが泣いている猫が屋根の上で陽にあたる私の自転車も陽にあたるそれは六月なのか十一月なのか青い窓枠の家は誰の家なのか私が書くのは戦争あの山はなぜ見えなくなったのか戦争の感傷は夢の中の光景でずっと感傷の詩に変わってしまったあなたはなんて若く梧桐の花はなんてかぐわしくなん

て清潔なのかシューベルトの家の窓から見える断崖はこんなにうっとりさせる雲は融けず鏡に氷が張っているが見ないで振りかえらないで樹林を超えると鍵のかかった世界があって古い家には厚ぼったい壁があり窓台は広々している夜に私は窓台に腰かけ月が歌うのを聴く階段はギーギー音を立てるとおかっぱの小さな女の子が裸足で駆けより私に抱っこをせがむ部屋の中の幽霊は私ひとり後ろを見れば私だけ前を見ても私が生きている生き続けていく前後に距離はなく周囲は夜だ生きていくのはなぜ私は海にいる私は告げる魂は安らいで待っている希望を抱かずになぜなら希望しても希望の間違いがあるから暗闇こそ光明で死の静寂こそ舞踏なのだ見えない子供はたえず笑っている繰りかえされる夜と再現する顔記憶と文字のほこり私は横一列に並べてきちんと置く青紫色の時間の中であの両手をきつく握った女は飛びいりの役者で演じきったが失敗した書き終えることのない女

Ⅶ・長い廊下を通りぬけて

納戸のドアの鍵は壊れた
あなたはドアにもたれて
手には写真を持つ。写真の中の
あなたは六歳、裏にはあなたの筆跡
——父さん、私、母さん
あなたはずっと泣いてずっと泣いてずっと六歳
クモの絹糸はあなたの両手を縛り
紙魚《シミ》の粉くずはあなたの髪を覆う
夜よ夜よ良き心の夜よカーテンを引いて
窓外の梧桐は花を咲かせた

・

これらの文字は役に立つのか？　私といっしょに死へ歩いていけるか？　空を手探りする星空は空っぽで空白になる。私は歩いていく。消える。席を空ける。世界は私が消えるのを待っている。野草は私の空席を埋めようと待っている。

・

顔の悪夢
きれぎれのフラッシュバック。雑然と羅列する
時空。待ち望むのは誰かが
救い出すことあなた内気な
少女よあなたはむしろこんなふうに隠れたがる
隔絶された魂の中に
ススキの草むらに風に写真の
影の中に。私が握るあなたの手はこんなに冷たい
こんなに痩せた少女よ母よ

・

あなたの散歩に付きそう
陽の光の小さな斑点はあなたの顔に
踊る、あなたのお腹に――

あなたはお腹をさする
膨れあがった河豚
子供はまだお腹の中に
あなたは言う。子供が消えた
陽の光は暗くなってくる

・

テーブルクロスのタンポポは私
ハンカチの芍薬は母さん
違いが分かるのと母は聞く
それらの花はいたるところにあったが後で
なくなった後でぜんぶ殺された
家もなくなったシルクのスカーフテーブルクロスも
ぜんぶ破れたぜんぶあげるかわいそうなあなたに

・

母さんが連れているのは一頭の馬
一頭の虎
豚、羊、猿それぞれ一匹
旅の途中で母さんはひとつひとつ
棄てなければならないとして、母さんがまず棄てるのは
どれかなと笑いながら聞く
私は荷物を持っていない
あなたは言う、私は何も持っていない

・

長い廊下の奥まったところ
あなたをひっぱり非常階段から
一階また一階と下へ
下へ行こう花を見に連れていくからね
これはクチナシ。クチナシとあなたは言う
これはタンポポ。タンポポとあなたは言う

これは梧桐。梧桐は好きとあなたは言う
明日芍薬を買ってあげるねと言ったら
あなたは笑った。昨夜また
そんな夢を見た

・

私はひとりぼっちだろうか？　あの少女はずっと私から離れない。地獄にも星はありタンポポのように咲いて地面をうめつくす。そのあと私は単語をたくさん暗誦する。切れ切れの文で切れ切れなことを書く。許してほしい。私には時間が必要。どうか私にもう少し時間をください

敬意を表して――
戦争を経験し戦争を書いてきたあらゆる先達に捧げる

訳注

＊1　ニヤ遺跡　中国新疆ウイグル自治区ニヤ県の都市遺跡。紀元前一世紀～紀元四世紀に栄えた精絶国の遺跡と考えられている。ニヤ河の下流でタクラマカン砂漠の南端にある。

第三章　原話

膠着状態

それから？
冬にあなたは何をする？
屋外は雪が積もり屋内には
十分なたきぎと食糧がない
私は冬の寒さを予期している
でも寒さより

寒いと感じる
まだ覚えている？　去年の
遡上する鮭の大群　あらゆる男が
旅に出た

すべてが寒い
ほんとうはまだ冬になって
いない、私はまだ屋内にいる
掃き出し窓を隔て、すっかりはげた
樺の木はどんなに弱々しくても
冬、あなたが知る冬は

まだ来ていない
あらゆる男が旅に出た
一羽のカラスは白い
恒温の中に眠る

まるで冬と折りあうかのように

黒曜石

これはアパッチの女の涙
と言う、火山の
溶岩の結晶、低屈折率
あらゆるマイナスの
情緒を吸収できる

すべての色のような、黒
華麗な層をなし
内と外には多くの黒
私は区別できない
どの黒が、最も黒いか

地獄に隠喩は要らない
夜、濾過性
網戸をふさぐ。コーヒーかす
核廃棄物、サリン毒ガス、津波
暗い路地と伝染病

鏡の瞳孔
手指の溶岩
一滴の黒い欲望
アパッチの女は洞穴に進み入る
遠くで、火山がゆっくり燃える

もしも

もしも
ススキがむだに伸びなかったら
ハチドリが
昼に夜に羽ばたかなかったら
猫の瞳に
魔術的な焦点距離がなかったら
海がなかったら
もしも
ススキ、猫の瞳、ハチドリがいなかったら
海がなかったら
海の一艘の船は

千万個の星を舵とする
もしも
ひと夜がなかったら

距離　その一

夜半に来て
夜半に去る

月だけが明るく光る
黒い池は私の眼

一匹の猫
ちょうどプロコフィエフ[*1]が過ぎたところ

一分半の
クラリネット

訳注

＊1 プロコフィエフ　セルゲイ・セルゲーエヴィチ・プロコフィエフ（Sergei Sergeyevich Prokofiev、一八九一—一九五三）。ロシアの作曲家、ピアニスト。

ススキ

杜鵑《ツツジ》が散った
金急雨《アポロー》が散ったその時
時間は一篇のフランツ・リスト
銀褐色のピアノ・ソナタロ短調は
ほとんどアダージョ
一篇のススキ、その時
波のからだを抱きかかえる
連なる山々のからだ
山上の雲霧のようなススキ
ラルゴ、ビバーチェ
雄大な抒情は歌のように

たっぷりとドラマチックに
アンダンテはゆっくりさがりほぼアダージョ
力強いビバーチェアレグロ
プレスト最高潮のプレスト
アンダンテはゆっくりさがりラルゴアダージョ
車で起伏を行く
私たちは潜水泳するように
季節の深みで
声を立てない

受診

医者は言う
私の心臓は
酸素が足りない
骨は太陽が足りない
今日は晴天
私は太陽の下
アオカササギを見た
落とした羽は
羽軸が緻密　医者は言う
missing
losing　私の内分泌は

しだいに失調
脈拍は毎分
三拍停止
左肺には葉芽
右心室はエコーが
弱い……アオカササギは
羽が数本足りない
あなたのベッドは太陽が足りない
あなたの骨は私が足りないのか
扇子は夏が足りないのか

壁を築く

人を傷つける言葉は
粘土、いくらか石炭灰を
かきまぜて
型を作り、高温の窯で焼いて
生素地《なまきじ》のレンガに変える

口に出さない言葉は
釉薬、生素地のレンガに塗ると
冷たい光を発する
硬く、しかも堅固
厚いもの　薄いもの

長いもの　四角いもの
レンガは不揃いに積み重なり、壁は
高く横広がりに築かれて
通路をふさぐ

私たちにはもう相手が見えない

距離　その二

まず唇、手
そして瞳孔

心臓、骨盤の
暗号、海馬はめぐる

互いに棄てあう
私たちの動き

時間より
もっと速く、もっとじょうずに

二分法

ダイニングテーブルを等分にする
書架　椅子を等分にする
古いレコードとポスター
鏡　枕　掛け布団を等分にする
碗と小皿　胃薬　トゥーインワンコーヒー

ウルフ[*1]の石で詰まったスカート
左右の湿った靴
ゾウの革のような記憶は
同じく湿っている
樹は列ごとに切り落とされる

自転車を二分する
植木鉢を二分する
猫と机を二分する
ゾウは自分の墓場にはいっていく
空気中に失敗のにおいがする

訳注

＊1　ウルフ　ヴァージニア・ウルフ（Virginia Woolf　一八八二—一九四一）。ウルフは着衣のポケットに石をつめて自宅近くの川に入水した。

必要

空襲はない
けれど私たちはそれぞれの
防空壕に身をかくす

空洞の
部屋に
角張ったベッド

分かれるのを待つ
私たちが待つのは
前方の壁

壁は静か
壁の隅のイヌホオズキに
生えた精巧な一滴の血

私はまだあなたが必要だろうか

補修

さっそく補修から始める
漏水した屋根
腐食した鉄の門扉
ソファーの猫の引っかき傷
亀裂のはいったマネの複製画
（草上の
陽の光よりキラキラした
女体はすでに剝げ落ちた）を補修する
鏡、テーブル、鍋
補修しきれない原稿
私たちの関係は書き続けられない

長篇詩は廃棄するのか
補修しようがない日々
草上、昼食、女体
陽の光はまもなく終息する
さっそく終息から始める　夜から
漆黒の夜の
空洞はどう補修するのか
教会の赤い十字架が消えた
ひとつひとつ帰宅の灯りが
まもなく消える

傾く

傾く太陽
窓、ベッド、スリッパ
猫が傾く
一羽の雀の方へ
パセリ　セージ　ローズマリー　タイム
和音の傾き

傾くコーヒーカップ
胃袋、銀合歓《ぎんねむ》
潮はひいてひいて
私たちを傾ける

時間が傾く
あなたのレンズが傾く
街灯、道
みるみるあなたが立ちさる
立ちさるのは傾くこと

あなたの足取りは
傾くホタル
ちいさな動詞がチカチカ点滅
水の方へ火の方へ
地獄の方へ
少なくとも一端は傾く

未知の方へ
少なくとも生きている、夜は

静かに
明日の方へ傾く

距離　その三

距離
は霧

遠くの灯
近くの灯

一歩先がよく見えない
草原か

それとも断崖
私たちを待つのは

原話

Sin is behovely.

—— Julian of Norwich *1

・その壱　遅すぎた物語

実は最初の
その時に、方向は
すでに定まっていた：幻滅する革命
失敗するユートピア、禁止と探索……
これは遅すぎた物語
私が対抗すべきはこんな
感覚：遅かった
私が仮想すべきは真新しい
構造、何度も書きかえ

なじみの物語を予測不能にする

必ず解体すべきは型通りの骨組み
韻脚の妨害は許さない
相関語はすべて計量化して
文法を超え、句読点を取り除く
一行は次の一行に溶けいる
百八十神《ももやそがみ》の形体
かつて天使たちは
ひとりひとりが異教の神々だったように
男神、女神、両性神
単一な、合一の
かれらは柔軟で
自由、血肉なしに
保護され、骨格なしに支えられる
関節の枷《かせ》に縛られず

自らの形状を選択する
鮮明あるいは朦朧
膨張あるいは凝縮
互いの内と、その外にあり
浸みこみ、溶けいり、自在に愛し
痕跡を残さず憎みあう

・その貳　鱗の光は流動する

あの木は金粉の直射日光の下
なんと生気撥剌とした緑、蛇は
陽剛と陰柔をかき集め
うねうねと河になり、雲の文様の
鱗の光は虚空に流れる
あの果実、無邪気な赤い宝石は
木の梢に現れたばかりの太陽
私は飢えを感じた、その

成熟した色つやに

私は飢えを感じた
飢えではなく
喚起、あたかも
豊満な宇宙が待つように
麗しい心は
手中に握られ
私をより完璧にする
右に行くべきとわかっていて
私の足は
左へ

雲端の光彩
宝石は拒めても
あなたは拒めない

私の魂には十分な広さがない
護るには足りない私の血肉で
隠し包むべき、まだ形を成さない
なんと軟弱な心よ　あなたを
どのように読み解くべきか――
あなたは私に想像させ
荒野を見させる

・その参　私がイブに身を寄せるとき

もしも私の真と美が
原始のものなら
そのさかさまの影を愛する
間違い？　私は草原を
羊の群れで満たし蜂や蝶に花を摘ませ
蛍に溝渠を燃やさせる私の
未知への渇望は間違い？　あなたは口づけで

導いて私のからだを解き放し
魂を解き放し
庭を離れて荒野を追い求めさせる

私がイブに身を寄せるとき
あなたは必ず蛇であるべき
神秘、抽象、非理性
無を基礎とし、あるのは
無限の可能性
解釈なしに感じるから
美しい、芸術のように
宗教のように‥私たちは
ためらい、それでも受けいれる
その存在を願って

あるいは認めよう

前後などないと、あなたと私は分けられないと
私はあなたのイブ
（あなたの別の私）
あなたは私の
蛇（私のもともとの私）
私たちが手をつないで摘んだのは
初めから終わりまで
すでに内部に隠されていた
あの果実

・その肆　想像はひとつの子宮

想像はひとつの子宮
私は想像に浸る
胎児のように母体に浸る
声を出さず、生きている
想像は私を滋養する

草花を書き、猫や犬を書き
革命と哲学を書く
これらの命題をひたすら沈思
苦しみ続け、避けて
書き始めるのは遅い

どうか許してあの期待の
発生を思い出すこと、私に
一本のペンで書かせて始まりの前の
発生を――回顧風のある種の予期
記憶の虚構のある種の真実
どのように天と地が始まりの前に
混沌の中で切り離されたのか
あの隙間の淡い光が孵化させた
あなた、私
いくつかの真新しい種

・その伍　私の手にある花

昏睡した太陽
形を失った月
星はたえず回転する
多すぎる星　多すぎる太陽
多すぎる月　多すぎる空気
あの木はどのように揺るがず立っているのか
この泥砂　この地球の引力
どう受けいれるべきか
あるいは拒否するべきか？　太陽のもと私は寒くて
身震いし、からだ中に汗をかく

夜になると
星は私のとぎれない日々を
ばらばらに計算する

私の心はばらばらの中で縮小し
世界は縮めば縮むほど小さくなる
日々は砕けた石のように堆積し
なんと退屈なんとなんと退屈
私の手にある花が絞りだす
最後の香り、ある予感
明日は来ないだろう

夜露はひんやり。不吉な気配
私は何かをことばにできない
あるのは欲念だけ‥自由、自由
自由私は何をわかっているのか
水のようではなく、あるいは火でもなく
ただ必要なのは適度な温度と酸素
私が頼るべきは軟弱な
器官‥死がわからない

だから生がわからず、愛がわからない……
これは必要なものなのか

・その陸　松果体

万物に霊があり、物と霊は合一
たとえば私の魂
松果体から四肢へと瀰漫《びまん》する
何が起ころうともそれはそれ
ほしいのはただ目に見えて触れることができるもの
たとえばあなたの柔らかで丈夫な皮膚
神聖、神秘、実存するもの
ただほしいのは単純な私が
体験できる自由、たとえ
目に見えないものこそが実相だとしても
果実をのみこんだ

そのとき
声帯が生まれたように
私は話をしたくなる
初めて問いかける
初めて自分が見える
ひとつの世界がむきだしになるのが見える
果実をのみこんだそのとき
真新しいからだに変わり
自分がさらに縮小し、でも拡大したのに気づく

あの果実は
ひとつの結果、最後の結果
因果
の果
愛と誘惑
かつての天使

あなたはこんな巨大で
あなたは太陽ではなく
あなたは月のように、消してしまう
後悔しない美しさを

でも私は——
流星が私の墜落を描写する
秋の葉が腐るのを待つことで
蕨や藻が風波に巻かれて
水面に散乱することで
テントウ虫が
荒野で日陰を探しだせないように
水面におのれを映しだす湖は
今はウツボカズラのように静か
開《あ》けられた虫籠が、私を待つ

・その柒　秘密基地を作る

墜落の誘惑を拒絶しないでよいのか
冥界の鉱石を望んでもよいのか
鉄槌鉄斧で手指で
眼と舌で私は掘り起こす
ペルセフォネの金色の肋骨
この地底深くの暗闇は
恐れるに足らぬ……これは私の償い
秘蔵の宝物私の建材で
秘密基地を作る
あるいは、あるいは

――いつもこらえきれず考える
これは陥穽か
明け方から正午まで彼は墜ちる

正午からかすかな露の夜半まで
その実、墜落は
罪悪からくるのではない、墜落は
感覚からくる
罪悪は、無知なる
未知への怖れからくる
木陰は私たちを覆う――

あなたは運命を信じるのか？　あなたが
私に手を差しのべたとき、私が手を差しのべたとき
すべてがすでに決まった
あなたの発生
私の発生
私たちは創造する
すべて、私たちが
世界を定義する、あの果実

は無辜のもの、あの木は私たちが
創造した子ヒツジ

・その捌　一分一秒を切断する

墜落のその瞬時
あなたはコゴメグサの汁で
形を成したばかりの三滴の雨で
私の眼を洗い、取り除いた
私の過去への依存、未来への
ためらい、墜落への恐怖を
――墜落
よりどころを失う
自主性を失う

私のほんとうの恐怖は
創造のエネルギーを失うかどうか

墜落するかどうかは
ただその意識の一分一秒にある
その一分一秒を切断すれば
墜落しないのか？　ならば
それを発生させよう
制御や抑圧は阻止しようがない
創成の力、草原の
野草はさらに野生に

野草と同じく、脆弱は
私の力
いかにして私は安らげるのか
自由な選択からではないものに
試練を経ずして、いかに私は
私の存在を知るのか？　ならば、あるいは
それを発生させよう

世界はかれらの眼の中に浮かびあがる
かれらの選択が帰するところに
かれらは手をつなぎそぞろ歩きで前へすすむ……

・その玖　私は思う私は感じる私は信じる

真新しいひとつの星
最初の反抗
かつて経験したことのない墜落
雷電は矢のように四方に散らばり
周囲は焼き打ちと狩猟を終え一面の
黒、黒、黒
混沌のうちに私は目覚める
これは夢にも忘れられない題材
真新しい世界、真新しい種
私は私の基地を再建する

真新しい
最初の
かつて経験したことのない
私たちは必ずいっしょに墜落すべき
墜落するからだが
そのふたしかさに触れるまで
そのふたしかさを抱く
一輪の花を抱くように
未完成の墜落
あるいはほんとうは墜落でないかもしれない

失敗、幻滅
欠如もなく
あるのは変化だけ‥心の変化
視野と角度の変化
私は私の想像を拒んでいない

木を拒んでいない、そして果実と
あなたと、つまりこんなふうに——
私は思う私は感じる私は信じる
将来誰かが完成させるこの墜落
の書

・その拾　火ではなく、氷

落雷の創傷症候群か
あるいは電光石火の
失速が私を記憶喪失にした
ついに種々の警告を無視し
天気は悪化しはじめる
鉄砲水、イナゴ、砂嵐
凍傷の季節花粉症の季節
および病苦：失明
肺気腫、心臓弁膜剥離

および伝染病と戦争

これは誰の意図
誰の意志？　仏陀の地獄
ダンテとウェルギリウスの地獄
私が経験した地獄
いちばん深いところは
火ではなく
氷
徹底した冷たさ
冷淡と卑下
いかにつじつまをあわせいかに下へ向かうべきか

もはや表現しようがないもはや
あなたの表現を解釈しようがない
形のないひび割れ

私たちの語調は低く沈みはじめる
否定の疑問文
あなたはこんな結末を予知し
私の軟弱を予知したのだ
取と捨
成就と失敗
どちらも何かを変えられない

・その拾壱　シャーマンにまかせる

一本の見えない
放物線、尽きることのない氷河
私は裸で河を渡りマグマに身を投じ
自分に一寸の灰も残さない
それでもまだ足りない
深淵はなお遥か向こうに
私は忘れられるのか

あるいは石に変わって
シャーマンにまかせあの忘却の河
忘却の水にまかせよう

水の迷宮はゆっくり流れる
死の静寂‥忘却の河
私がまさに忘却の河にはいるとき
憤怒と愛を忘れる
忘却の河の背後には一面の凍てついた原っぱ
薄暗く、荒涼として果てしない
やむことのない暴風雨
永遠に融けない雹《ひょう》が堆積する
太古の廃墟のように
氷の外も、また氷

・その拾貳　ひとつひとつの細胞で

速やかになだめることが必要な心は
強迫症を患う
必ずひとつひとつの細胞が
見る、聴く、感じる
必ず全身がすべて
眼、全身がすべて
耳、すべて鼻と舌
すべてが意識
触手のように、必ず何度も
そう誇張し、こじつける

もう二度と思いださない
もう二度と記憶しない
あるいは…もし
忘れることができないのなら
失われた

過去を
もし創造できないのなら
想像の
イメージを、いかに
再建できるのだろう

私の遺伝子を持つ
私と無縁の後裔が何度も
墜落するかもしれない、あるいは
私と同じく、墜落の中で
もうひとつの土地を創る
それぞれの視野で‥あるいは
ついにある日私は忘れるだろう
罪と罰、ついにある日
百八十神も私を忘れ禿鷹も私を忘れ
疲弊した岩石はもはや二度と転がらない

・その拾参　幾千億個の私

あるいはこれが創造‥
ひとつの新陳代謝のシステム
地水火風を無作為に組み合わせた
私、私たち
原核細胞真核細胞は一代一代
自己分裂し、変異し
修復し、食し
互いに消耗しそれぞれ生存する
想像の自主と気ままさの中で
速やかに有機廃棄物に変わる

あるいはこうなのか‥
私は幾千億個の私のひとつ
私の子供、幾千億個の子供のひとつ

私の詩、幾千億篇のひとつ
私が私唯一の生命で
描くすべては、軽視か
加護かにかかわらず一回一回
大洪水に持ちさられる
私が失うのはどうして
あなただけだろうか

あるいは、
私が脚本を曲解して
役柄を見誤ったのか
それは伝奇物語ではなく私は
侠気の女ではない
時空間をさまよってはいけない
意識の果てで
さまよい、おののき、見失う

蛇はあっという間に繁殖
欲望は花粉のように

・その拾肆　無に帰す

かつて私は何度もたずねた
私は自由なのか？　何の束縛もなく
私の役柄を解釈できるのか
創造され適切に配置され規範化され
私に自分はあるのか？
何度も脚本を誤読してはいけない
私は必ず無に帰すべき
記憶の黒い洞穴を封鎖し
パスワードを再設定し、再起動する
もう一度思いきって自分を創造する

これが私の理解：創造は

粉々の中の秩序ではない
短い時間に現れた平衡
すべての必然はまた失意の寂しさ
混沌へ回帰、一
これは私の宇宙‥
善にあらず
悪にあらず
生命と反生命力は
拮抗して並びゆく

肋骨に飼い馴らされない
あるいは泥砂に
不完全な美の中で想像し、創造する
いっときの完全な美
私、私たち、少数を定められ
何度も書きかえを定められた

自分、何度も書きかえるのは結末の見えない
未来の歴史……未来は
このように
近づいて私をじっと見つめる

訳注

＊1 Julian of Norwich　ノリッジのジュリアンは十四世紀英国の神秘家。キリスト教神秘主義の系統に属し、幻視にもとづいて書かれたという『神の愛の十六の啓示』（*Sixteen Revelations of Divine Love*）で知られる。エピグラフの後には“but all shall be well,”と続く。

幾何学

ごらん
庭をまるごと
野生に放つ…リス　クビワキジ
ハマレンゲ　ススキ　クサニワトコ
庭の幾何学模様を
ひとつひとつ解き明かす…一部重なる
三角形　多辺形　球体　錐体
秋ならばあらたに
この世界に線を引く
鏡に映る私の顔は対称ではない
光が射すとより多くを覆い隠し

ピントがずれる
これが臨界角
秋ならば迷い鳥渡り鳥ならば
季節のモクゲンジと菊の花は
朝露のような短歌　すでに
下弦の月は水面に漂いまるで割られた
卵殻のように夜に到る　夜に到れば
鳥の巣シダは無性繁殖
星くずの点字文を校正する
時間は薬を過剰摂取　時間のコウモリは
さかさまにぶらさがり喉仏で音波を伝え
耳で私の世界を覗きみる
臨界が近づく

ここ

ここは
野草が野草に絡みつき
泥砂が泥砂に粘りつく
名も知らぬ草
名も知らぬ泥
名も知らぬ蟻、犬、焼きいも屋の
老人。太陽は燃えて（まるで
上帝のように）帰順を求める
私たちが知らない、私たちを知らない
すべてに対して。世界はこんなに大きく
（私たちは泥砂で草だ）こんなに小さい

私たちと全く同じ
あの猫と全く同じ
上帝に向きあい、静かに座る
白雲の髪の毛
天空の青い眼の中に名も知らぬ
飛鳥、風、私たちがいる

音色　あとがきに代えて

私はこの音が好き：
飲《ホー》む
渡り鳥《ホウニャオ》、寒空《ハンティン》、河流《ホーリウ》、海域《ハイユィ》
洪荒《ホンホアン》、暗闇《ヘイアン》、汗《ハン》、胡桃《ホータオ》
深い筋がついた胡桃で
貯蔵する
堅い胡桃の木は魂《リンフン》を
支える、魂に
飲みくださせよう
あらゆる渇《カー》きを

ニシキヘビにつきしたがい
冬眠にはいる
二度と冷血に苦しまない
二度とハヤブサの追跡におびえない
大天使のように、二度と
自分の輪郭《ルンクオ》に悩まない
ミズゴケの草地から
一匹のカタツムリが這いでる
夢の境地から、雨の困惑《クンフオ》を帯びて
手をこすり合わせる

懐かしい歌《ゴォ》を繰り返しうたう
スクロール《グンドン》式の告白《ガオバイ》あるいは
変更《ビェンゴン》、構想《ゴウスー》
一回一回転調して、追いつく《ゲンシャン》
あるいは追いつけない《ゲンブシャン》

行き詰まり《ゴォチェン》、沼地の感覚《ガンジュエ》は
取り除けない
あなたは言う、期待を無にはしない*1
私は言う、喜んでそうしましょう*2
孤挺花《グーティンホワ》、港都夜雨《ガントウイエユィ》*3

訳注
*1 原文は「不幸負《ブグゥフ》」。
*2 原文は「甘願《ガンユェン》」。
*3 「孤挺花」はフランスの民謡歌曲「アマリリス」と同名の七〇年代にフランスで流行したシャンソン。ベルギーの歌手ジュロス・ボーカルヌ（Julos Beaucarne、一九三六―二〇二一）が歌った。「港都夜雨」は台湾の一九五〇年代の流行歌。

初出一覧

本詩集に収める作品（〔　〕内は原題）のうち初出詩誌が明記されたものを示す。記載がないものは本詩集が初出。「聯副」は「聯合報副刊」、「自由」は「自由時報副刊」の略称。

第一章　カモメの詩学

イングリッシュ湾〔英吉利灣〕「聯副」二〇一九年十一月一日
曼陀羅〔曼陀羅〕「自由」二〇一七年九月二十日
スローライフ猫を論ず〔慢活論貓〕「吹鼓吹詩論壇」二〇一七年十二月
アフマートヴァグラード〔阿赫瑪托娃城〕「聯副」二〇一七年九月八日
ハト〔鴿子〕
狩猟〔狩獵〕「自由」二〇一八年八月二十一日
改装〔装修〕「自由」二〇一九年八月十四日
花の博愛論〔花的博愛論〕「吹鼓吹詩論壇」二〇一七年十二月

影――私のさまよい猫〔影子――我的流浪猫〕「聯副」二〇一八年四月九日
マンモグラフィー〔乳房撮影〕「聯副」二〇一九年五月三十日
一面〔片面〕「自由」二〇一六年十月十一日
火山〔火山〕「創世紀」二〇一七年九月
フランス風性別論〔法式性別論〕「吹鼓吹詩論壇」二〇一七年十二月
預言・エルサレム〔預言・耶路撒冷〕「吹鼓吹詩論壇」二〇一六年十二月
リモート――ウイルス二〇一九〔遠端――病毒二〇一九〕「自由」二〇二〇年六月十六日
チェ（一九二八―一九六七）〔切（1928―1967）〕「聯副」二〇一八年八月二十日
静物・シリア〔静物・叙利亜〕「自由」二〇一八年四月二日
マティスのニースを探し求めて〔尋找馬諦斯的尼斯〕「自由」二〇一六年八月十日
タロットカード13番〔第十三張塔羅〕「聯副」二〇二〇年五月十四日
猫がいない＋1〔没有猫＋1〕「自由」二〇二〇年二月二十六日
夜行の子〔夜行之子〕「自由」二〇一二年十月十五日
謫仙〔謫仙〕「乾坤詩刊」二〇〇六年夏
雪――リトルザガスタイノール〔雪――小札格斯台淖〕「創世紀」二〇二〇年九月
立春〔立春〕「聯副」二〇二〇年二月二十日
ぬけがら〔蛻〕

あいさつ［問候］
羅漢松［羅漢松］
カモメの詩学［海鷗詩学］「聯副」二〇二一年一月十一日
モクゲンジの花――悼む［欒花――悼］「自由」二〇二〇年十一月二十九日

第二章　落葉の貼り絵

落葉の貼り絵［落葉拼図］

第三章　原話

膠着状態［僵局］
黒曜石［黒曜石］
もしも［如果］
距離　その一［距離之一］「両岸詩」二〇二一年一月
ススキ［菅芒］「吹鼓吹詩論壇」二〇一七年六月
受診［就医］
壁を築く［砌牆］「吹鼓吹詩論壇」二〇一三年九月
距離　その二［距離之二］「両岸詩」二〇二一年一月

二分法〔二分法〕
必要〔需要〕
補修〔修補〕「両岸詩」二〇二一年一月
傾く〔傾斜〕「両岸詩」二〇二一年一月
距離　その三〔距離之三〕「両岸詩」二〇二一年一月
原話〔本事〕〈抄録〉「自由」二〇二二年一月二十九日
幾何学〔幾何〕「自由」二〇二一年十二月十七日
ここ〔這裡〕「両岸詩」二〇二一年一月
音色　あとがきに代えて〔代序　音色〕「聯副」二〇二一年十一月二十二日

訳者解説　庭をまるごと野生に放つ——陳育虹の詩の世界

佐藤普美子

本書『薄明光線その他』は陳育虹（チェン・ユィホン）の詩集『霞光及其它』（洪範書店、二〇二二年九月）の全訳である。陳育虹は一九五二年、台湾高雄市に生まれた。文藻外語学院（現在は「文藻外国語大学」）英文科を卒業後、一九九〇年から二〇〇四年までバンクーバーに滞在する。台湾に戻り出版した詩集『索隠』（二〇〇四年）は自身の詩と古代ギリシャのサッフォーの断片詩（陳の翻訳）を交互に織りまぜたもので、その独特なスタイルと豊かな音楽性によって一躍詩壇で注目されるようになった。ここ十数年は詩作のほかに、キャロル・アン・ダフィー、マーガレット・アトウッド、アン・カーソンなどの欧米女性詩を精力的に翻訳紹介している。

これらの成果に対して台湾の各種文学賞が与えられたほか、二〇二二年秋には東アジアの詩人を対象としたスウェーデンの文学賞チカダ賞を受賞した。その授賞理由にある「強い音楽性と官能性」「自然に対する畏怖と探検への憧れが入りまじるアプローチ」は初期の段階からその詩作に一貫している。

本詩集は三つの部分、すなわち第一章「カモメの詩学」（二十九篇）、第二章「落葉の貼り絵」

（長詩一篇）、第三章「原話」（十六篇）から成り、各章には主題をめぐる構成意識がうかがわれる。読者はまずその題材と詩型の多彩さに驚かされるだろう。作者自身の体験や伝聞にもとづく機会詩をはじめ、身辺の動植物を題材とした詠物詩、民謡風の小曲や物語詩があり、数百行にわたる長詩もある。いずれも簡潔で軽妙な表現と豊かな音の流れが際立ち、詩を読むときの原初的で素朴な喜びがよびおこされる。何よりも作者が言葉と自由に戯れることを楽しんでいるのが心地よい。

詩集の原題にある「霞光」は明け方や夕方の太陽の「雲間から漏れる光」のことである。この語自体は第一章の冒頭詩「イングリッシュ湾」に一度だけ使われ、天地を往来するカモメのきらめきに重ねられている。また第三章の「原話」「その肆」には、天と地が切り離される前の「隙間の淡い光」として現れる。このように天地を分け、つなぐ光のイメージとして気象用語「薄明光線」を借り、邦訳詩集のタイトルとした。それは「雲間から漏れる光」の中でも特に澄んだ空気と水滴の条件が整った時に現れるもので、「天使の梯子」ともよばれるやわらかな光芒である。

以下、詩人の心情と創作の方法をよりよく理解するために、各章のおおよその方向をのべておきたい。

一 「カモメの詩学」

台湾の十七世紀以来の複雑な歴史と政治状況の下、鋭敏な歴史感覚とアイデンティティは台湾現代詩に多かれ少なかれ影を落としている。陳育虹の詩にそれらが直接的な形で現れることはないが、表題作「カモメの詩学」の「――もしも帰属が必要なら／海だけに／戻りたい」や「野草と同じく、脆弱は／私の力／いかにして私は安らげるのか／自由な選択からではないものに／試練を経ずして、いかに私は／私の存在を知るのか?・」(「原話」「その捌」)という詩句に社会的存在としての自らへの問いかけが感じられる。

カモメといえば、まず杜甫の「天地の一沙鷗」(天地の間を漂う一羽のカモメ)が思い起こされる。それは何ものにもとらわれない自由な精神と広大な世界にさすらう寂寥感を醸しだす。陳育虹の作品に現れるカモメはこうした伝統的イメージを持ちつつ、描かれるのは決して杜甫のような孤高の詩人の自画像ではない。海辺に居合わせる「ひとりぼっちではない」カモメの群像であり、天と地を自在に往来する無名のものたちである。

第一章は、旅で訪れた諸外国の風景やその土地にまつわる歴史人物への思い、世界各地の戦争や災禍に寄せるいわゆる機会詩が多い。以前から作者は台湾中部大地震や「九・一一」テロを詩に取りあげ、東日本大震災では翌年の取材旅行にもとづく作品を発表している。こうした社会的関心は、シリア内戦の一日を扱う「静物・シリア」に直接的な形で現れる。想像上のスケッチだが、戦争が突如日常を奪う残虐さを言葉による静止画像にして伝えている。キューバのハバナ探訪では、文豪ヘミングウェイや革命の闘士チェ・ゲバラの当時と現在を対照させながら複雑な思いを寄せている。

「アフマートヴァグラード」は訳注に記したように作者の造語で、夫を処刑され息子を投獄されたロシアの詩人アフマートヴァの名を土地の名として記憶に刻もうとする一篇。自由な命名がこの詩人への敬愛と政治権力への抵抗を示している。同章で意表を突くのは、ピエタに着想を得た母子の対話がページの上下に分かれ、しかも原書ではページが折りたたまれている「預言・エルサレム」とテクストの一部に列車のレールに似た二重取り消し線が施された「一面」である。廃駅となった東勢駅とその設計者へ注意を向けさせる工夫は、外連味よりはむしろ実験精神を感じさせる。

これらに共通するのは失われしもの、消え逝くもの、不可視のもの、すなわち不在のものを言葉によって喚び起こそうとする詩人の姿勢である。戦争や災禍という最も悲惨な現実について情報はあふれていても私たちは必ずしも切実なものを感じとることができない。まして今見えないものは存在しないとして扱われることさえある。それらをもし言葉で喚び起こすことができるなら、私たちの鈍感さをより弱め、遠方へのまなざしを手離さずにいられるのではないか。作者はこうした願いをこめて平易で飾らない言葉を紡いでいるのだろう。

周囲の動植物や日常的事物を観察する諸篇は、素朴な自然と私たちが深いところでつながること——やはり不可視のもの——を浮かびあがらせる。身近な猫を題材にした数篇はとりわけ楽しく読める。猫はただそこに存在しているだけでよい他者の代表（のひとつ）であるが、その存在が持つ不可思議な力を生き生きと再現する。

塀に跳びあがり陽だまりにうずくまると
一頭のライオンがその腹から逃げだして
草原に向かって走る
たくさんの魔女草と夏枯れ草の方へ

（「スローライフ猫を諭ず」）

大胆で奇抜、どこかコミカルな連想はより広い領域へ精神を解き放ち、自由の感覚をもたらしてくれる。その意味で、詩は猫と似ているかもしれない。
そして庭に生息する様々な動植物の変化は忍耐強く時間をかけて観察した者だけが発見できる。

膝の高さの切り株は
ちぎれた柱のように裏庭の
真ん中に立つ、ちぎれた柱の右側から
伸びたかぼそいひと枝の
屈強な深紅

（「立春」）

以前、陳育虹はサボテン科の月下美人を夜の十時過ぎから真夜中までずっと見守り、ついに香りを放ち花が開いたとき、その凛として立つ白い花の写真を送ってきてくれたことがあった。またあるとき白濁した半透明の長い帯のようなものを大事そうに両手に捧げ持つ写真を見せてくれたことがある。それが蛇の「ぬけがら」だと知って私は思わず後ずさったが、彼女は子供のように嬉しそうな表情を見せた。蛇とそのぬけがらは陳育虹のお気に入りのモチーフである。

二「落葉の貼り絵」

第二章は母の戦争体験をもとに、回想と現在の時空を織り交ぜた全七節、原書で約五百行からなる長篇大作である。この長詩もまた、失われしもの、消え逝くものを言葉によって喚び起こそうとする試みである。「長い廊下を通りぬけて」と題する第Ⅰ、Ⅲ、Ⅴ、Ⅶ節は、認知機能を失いつつある高齢の母が、養老院の入りくんだ長い廊下を通りぬけて自分の部屋にたどり着くまでの困難と、戦時の記憶にたどり着く困難を重ねている。他の節では混沌として曖昧な母の記憶の断片が集められているが、それらの中の出来事が果たして母自身のものか、母の母のものか、あるいは友人や見知らぬ誰かのものかははっきりしない。

こうして母の幼少時代と現在を交錯させ、不完全な記憶のピースを再構成した一枚の貼り絵のような〈記録〉ができあがる。それは今なお母の心を苛む抗日戦争の記憶の断片、すなわち「落葉」を忍耐強く拾い集める母娘の協働作業である。脈絡のない母の話、いまだ消え去らない母の恐怖や不安をただ感じることで受けとめようとする娘の意志が全篇を貫く動力となる。

各節はト書きの部分と独白及び対話の部分が「・」で区切られ、それらが混じりあいながら展開していく。第Ⅱ節後半のト書きでは防空壕の光景、第Ⅲ節は養老院の母が娘を認識できなくなった現在が季節の推移と重ねあわせて表現されている。

戦場となり廃墟と化した地の痛ましい光景は、母親の脳裏にフラッシュバックするかのように各節にちりばめられ、静かなトーンで語られる。レイプをほのめかすシーンをさしはさみながらも全体としては悲しい物語詩のような趣がある。最終連の母娘の花木をめぐるやりとりと「非常階段」のイメージは夢の中の出来事ではあるが、暗闇に一瞬うかぶ一条の光を感じさせる。

とりわけ目を引くのは第Ⅵ節「納戸」である。ここでは句読点を排除した一〇一九字が連綿と続き、母の脳裏にぐちゃぐちゃに詰まった記憶の断片が緊迫感のあるリズムで語られる。作者は同節について「母の頭の中は百年経った古い家のように、隙間までびっしりと雑物が詰まっていた。母には整理する力がないので、一本の糸をたぐりながら彼女を連れて家に入っては出て、手伝えることを探した」（孫梓評「詩は一匹の猫である：陳育虹『霞光及びその他』を語る」、「自由時報副刊」、二〇二二年十一月二日）とのべている。また「戦争の傷跡は傷ついた者の体内に麻疹のウイルスのように長期にわたり潜伏し、年老いて体が衰弱した時になって帯状疱疹のように再発する」（同前）とも指摘している。

母の戦時の恐怖心と、今は精神の薄明期にある混乱した不安の感情を、娘が戸惑いながらも受けとり記録しようとする本作は、あらゆる戦争体験者へのオマージュであるとともに、人と人とのコミュニケーションの新しいありかたを示唆している。

三「原話」

第三章の詩は大半が二〇二一年に書かれている。これらを特色づける人間関係についての感覚的思考は、コロナ禍下という状況と無関係ではないだろう。そうでなくても人間関係は時代を問わず、最も悩ましい人類共通の普遍的テーマである。作者によれば、同章は三部から成る協奏曲で「はじめの十三篇は前奏、第十四篇は主題詩、最後の二篇は終曲」である。

表題詩「原話」は十四節から成り、アダムとイブの原罪をモチーフとして〈自己探索〉の主題を変奏させた長詩である。エピグラフに「Sin is behovely.（罪は当然のものである）」という「ノリッジのジュリアン」の一節を掲げる。

同詩の前半では、「私」、「あなた」、「蛇」の相互関係を問いながら、蛇の誘惑の必然性とその意味を展開し、後半では「墜落」をキーワードに後裔たちによる真新しい世界の再創造を希求し〈自己救済〉へ向かって収束する。このように「原話」は創世神話の神秘的イメージを用いて、哲理性と構成意識を前面に出した壮大な〈自己探索〉の思想詩であるため、いささか観念的な傾向を免れないが、その粘り強い思索と、自己を解剖し再生へ向かうそのリズム感は圧倒的である。

これに比べると、「前奏」の短詩十三篇と「終曲」二篇は詩型も表現も親しみやすい。前奏部は主に「私」と「あなた」の関係を様々な比喩を使って表現した詩が並ぶ。冬の到来を予感する

「膠着状態」や言葉をレンガにたとえた「壁を築く」は、二人の人間の関係悪化を現すイメージとして腑に落ちる。「距離」三題は、「距離　その一」で月光、猫、黒い瞳とクラシックの名曲との関係を示唆し、「距離　その二」では身体の交わりを連想させ、「距離　その三」ではその両者の見えない距離がもたらす不安を「断崖」と表現する。いずれも小曲ながら簡潔で明浄な味わいがある。

各篇のモチーフは人間関係に限らず、事物の諸関係に広げられていくことも特色である。「黒曜石」はアメリカ先住民の流した黒い涙の歴史に火山岩の黒い色が重ねられる。「もしも」は自然界の現象に宿る謎や相関性に気づかせる。「受診」は医療がもっぱら不足部分にフォーカスすることをアイロニカルにとらえ、「マンモグラフィー」に通じるウィットがある。「必要」や「補修」は損傷や修復を必要とする人間関係に家屋との類似を見出している。

「二分法」は一見合理的で、実は不自然な切断に対する不安を対象化し、「傾く」はあらゆる事物に共通する〈傾き〉を見出す。両篇には言葉の既成概念を揺さぶる痛快なアイロニーとウィットがあり、ここに言葉の遊戯的喜びに素直に身をゆだねる詩人の姿が垣間見える。

こうして前奏部では人間関係の諸相とその変貌や転変をさまざまな比喩を使って表現し、同時に自然界に存在するもろもろの相関関係にも読み手の意識を向けさせる。注意したいのは、詩人が観察し表現するのは人間同士の感情や個々の自然物ではなく、それらの相互関係がもたらす新しい身体の感覚である。このように第三章は第一章や第二章に比べてやや抽象性を増しているが、その一方、人と人、人と事物そして事物同士の関係性について五感に訴える豊かなイメージを駆使して感覚的思索へといざなう。

庭をまるごと
野生に放つ‥リス　クビワキジ
ハマレンゲ　ススキ　クサニワトコ
庭の幾何学模様を
ひとつひとつ解き明かす
（「幾何学」）

終曲部の「幾何学」には「自然に対する畏怖と探検への憧れ」（前掲「チカダ賞」授賞理由）が凝縮されている。そして最終詩篇「ここ」は、地上の存在が見あげている天上に自分たちと同じような脆弱な存在を見出すことで天地の区別を解消するかのように全篇をしめくくる。詩人にとって「ここ」は決して分離分割された場所ではない。「庭」は詩人の内界だが、それをより広い「野生」に放つことで、外界（他者）と交わり、変貌を遂げていく。このように詩人は自然との結びつきのうちに自己の存在を見出そうとしている。

以上、各章を概観し、全体に緩やかな構成や方向があることをのべてきたが、鑑賞にとっては蛇足かもしれない。作品はどこから読んでも詩人の世界に触れることができる。個々の詩を通して、いま世界中に起きている戦争や災禍に対しまっすぐに応答する詩人の真率さを感じとり、あるいは身近な事物や人間関係をも含む「自然」に潜む謎を新しい言葉でとらえ直すことの喜びがゆっくりと伝わることを願っている。

作者あとがきにあたる詩「音色」は、言葉の響きやリズムに対する詩人の敏感さとウイットをよく現している。同詩に使われる語の多くは、頭子音がいずれも舌根音と呼ばれるグループ「g、k、h」に属していて、舌の付け根あたりから出す語音はやや苦しく切迫した原初的身体感覚を意識させられる。こうした陳育虹詩の豊かな音楽性を果たして日本語でどれだけ伝えられるか心もとないが、拙劣な訳語を飛び越えていく原詩の力を信じることにしたい。

最後に本書の刊行にあたり、訳者の質問に対しいつもていねいに答えてくださった陳育虹さん、適切なアドバイスを随時くださった思潮社編集部の遠藤みどりさん、台湾現代詩研究会を立ちあげてくださった三木直大さん、そして翻訳出版助成金を交付してくださった台湾文化部に心より感謝を申し上げます。

二〇二五年二月六日

陳育虹（Chen Yuhong、チェン・ユィホン、ちん・いくこう）

1952年、台湾高雄市生まれ。文藻外語学院英文科卒業。主な詩集に『索隠』（宝瓶文化出版社、2004年）、『魅』（宝瓶文化出版社、2007年）、『之間』（洪範書局、2011年）、日記体散文集に『2010／陳育虹――365度斜角』（爾雅出版社、2011年）がある。訳詩集にマーガレット・アトウッド『イーティング・ファイア』、ルイーズ・グリュック『野生のアイリス』、アン・カーソン『ショート・トークス』がある。作品は英語、日本語、フランス語、オランダ語に翻訳されている。2017年に「聯合報文学大賞」、2021年に中国文芸協会「文学翻訳賞」、2022年にスウェーデンの文学賞チカダ賞を受賞した。邦訳に詩集『あなたに告げた』（思潮社、2011年）がある。

佐藤普美子（さとう・ふみこ）

岩手県盛岡市生まれ。駒澤大学名誉教授。著書に『彼此往来の詩学――馮至と中国現代詩学』（汲古書院、2011年）、『美感と倫理――中国新詩研究』（汲古書院、2024年）、編訳書に陳育虹詩集『あなたに告げた』（前掲）がある。

薄明光線《はくめいこうせん》その他《た》

著者
陳育虹《ちんいくこう》

訳者
佐藤《さとう》普美子《ふみこ》

発行者
小田啓之

発行所
株式会社思潮社

〒一一二―〇〇一四　東京都文京区関口一―八―六―二〇三
電話〇三（五八〇五）七五〇一（営業）
〇三（三二六七）八一四一（編集）

印刷・製本
創栄図書印刷株式会社

発行日
二〇二五年三月十四日